石帆

18

福建省平潭综合实验区作家协会　编

海峡文艺出版社

海峡出版发行集团
THE STRAITS PUBLISHING & DISTRIBUTING GROUP
海峡文艺出版社
Haixia Literature & Art Publishing House

图书在版编目(CIP)数据

石帆. 18/福建省平潭综合实验区作家协会,海峡文艺出版社编. -福州:海峡文艺出版社,2021.8
ISBN 978-7-5550-2685-3

Ⅰ.①石… Ⅱ.①福…②海… Ⅲ.①中国文学—当代文学—作品综合集—平潭县 Ⅳ.①I218.574

中国版本图书馆 CIP 数据核字(2021)第 137922 号

石帆. 18

福建省平潭综合实验区作家协会　海峡文艺出版社　编
责任编辑　任心宇
出版发行　海峡文艺出版社
经　　销　福建新华发行(集团)有限责任公司
社　　址　福州市东水路 76 号 14 层　　邮编　350001
发 行 部　0591—87536797
印　　刷　福州力人彩印有限公司　　邮编　350012
厂　　址　福州市晋安区新店镇健康村西庄 580 号 9 栋
开　　本　787 毫米×1092 毫米　1/16
字　　数　150 千字
印　　张　11.5
版　　次　2021 年 8 月第 1 版
印　　次　2021 年 8 月第 1 次印刷
书　　号　ISBN 978-7-5550-2685-3
定　　价　48.00 元

目录

文汇·诗歌

文汇·散文

专辑·铭记

一座海岛，两粒种子（散文）

◎ 钟兆云

我经常提到五六十年代福建东山县委书记谷文昌，他一心一意为老百姓办事，当地老百姓逢年过节是“先祭谷公，后拜祖宗”。

——习近平总书记同中央党校第一期县委书记研修班学员座谈时的讲话

2015 年 1 月 12 日

1

他们，一个叫谷文昌，一个叫樊生林。一个 1915 年生在河南林县，一个 1922 年生于河北邢台。他们，与后来双双长眠之处福建东山县，曾经隔山隔海，却在一见之后再没隔心，血肉相连。

1949 年，解放战争“横扫千军如卷席”时，他们是不同省不同县的区长，家庭各有困难，却闻鼙鼓而报名，舍家为国告别亲娘，成了把毛主席教导记于心的南下干部：“我们共产党人好比种子，人民好比土地。我们到了一个地方，就要同那里的人民结合起来，在人民中间生根、开花。”

他们一同编入长江支队，落脚地原是说南下接管苏州、上海一带，而后又说要随二野进军大西南，最后的命令却是随三野十兵团南下福建。福建在哪？福建是什么样的地方？有人找来地图一看，不觉惊叫起来：福建那么远不说，连根红线（指铁路）也没有呀！有人还去书店买来相关图书，介绍福建的两句顺口溜很快就传开来了：“天无三日晴，地无三里平，人无三分银”“地瓜当粮草，火笼当棉袄，三头蚊子能炒一盘菜”……

在苏州集结待命的北方干部像是被泼了冷水，有人瞻前顾后，心里犹豫。望着苏州城闪烁的霓虹灯，一些同乡干部的眼光迷离了，动摇情绪犹如河边升腾的水雾在飘摇。谷文昌却毫不含糊地说：“当逃兵是一辈子的耻辱，咱们要经得起一切考验，把革命进行到底，才不给咱老解放区的人民丢脸！共产党员，党说要去哪里，就去哪里！”

无独有偶，樊生林也在党小组会上慷慨陈词：“我们既然宣过誓要服从党的安排，就不能挑肥拣瘦，越是困难就越要万死不辞！”

那个时候，他们对共产党人的理想信念，比许多人更坚定。

四五个月来，他们冒险犯难翻山越岭穿行生死线，用一双铁板脚走过八千里路云和月，不约而同来到福建龙溪地区（今漳州市）。谷文昌坐小舢板紧随解放大军跨海登岛，吐得滔滔东海横竖都有点歪了。樊生林先在与东山隔海相望的云霄县政府落脚，中央政法干校学习结束曾调省直机关，却更喜欢做接地气的“种子”，于是1953年也来到那时还是孤岛的东山，在船上也是吐得五脏六腑都像要搬家。

他们刚成同一条战壕里的战友时，谷文昌是东山县县长，樊生林是唯一一位副县长。谷文昌说：“生林啊，你来东山，借你好名姓，但愿东山能生出一片林来！”

小他7岁的樊生林，一脸诚恳：“看来党派我来东山是最好的安排，冥冥中要我以名明志！”

两年后，谷文昌转任县委书记，数月后，樊生林当选县长。

这对抗战后期入伍的老兵，都曾在家乡弄出过动静。谷文昌当区长时带领五千群众的“剿蝗大捷”（扑灭蝗灾）上过《新华日报》（太行版）；樊生林则参加敌后除奸，曾获过“杀敌英雄”奖章。搭档以来，他们同声相应同气相求，想的是如何成为那颗“种子”，如何以革命精神来改造自然建设海岛。

2

还未到东山，樊生林已知荒岛这边让人叫苦不迭的风沙旱之害，也听说过几百年来口口相传的民谣：“风沙无情压良田，海水逼人把家搬”“十天无雨庄稼倒，春雨一来无柴烧，夏天炎热烫脚板，秋冬风沙田屋埋”“吃是番苗粘，配是鳁仔土（小鱼名），睡是珍珠铺（睡在沙滩上），盖是龙虎莆（指破棉被），行是倒退步（在沙地走十步路要退三步之意）”。而且，此前的一连串植树造林屡战屡败，他却明知山有虎，偏向虎山行，要和谷文昌一起伏“（沙）虎”降“（风）妖”，造福百姓。

一年又一年，樊生林和一批批干部群众，追随着身先士卒走在前头干在实处的谷文昌，在沙荒上种下芦苇草、龙舌兰和老鼠刺等，没挡住风沙；又陆续种下槐树、杨树、苦楝等十几种树，共十余万株，结果大部又都枯死了；虽有若干苦楝树成活，但实践证明，此树一到秋冬就落叶，不能起挡风沙作用……看着这个“成绩单”，他们相顾无言，欲哭无泪。所幸的是，他们的领头人谷文昌百折不挠，屡败屡战，终于找到了先锋树种木麻黄。此树耐旱耐咸，冬不落叶，找到它，犹如找到了沙荒造林的方向！

1958年春，东山县委、县政府向全县发出“上战秃头山，下战飞沙滩，绿化全海岛，建设新东山”的口号。两位党政主官双手紧握，决心不负百姓，让东山吃上“谷”，生出“林”。

几天突击中，像播撒种子一样，让空荡荡的大地长上了树苗。几乎所有的不测都考虑进来了，五年了，再怎样都该有个东方不亮西方亮的安慰奖啊。岂料，全县党政军民学在“栽树防风打冲锋，排山倒海战沙荒”口号声中齐心协力种下的希望，遇上这年一个多月的倒春寒，急转直下地一天天枯黄，成片冻倒、冻残、冻废，东山的绿色之梦再次被无情击碎！

他们分头来到颗粒无收的几个大队察看，眼前的干部和群众围着他们，不是埋怨“沙地造林恐怕是瞎子点灯白费蜡”，就是泄气地问“是不是改用别的办法治沙”。一个富裕中农居然还当众说：“我早就讲过，沙荒能造林，我愿意拔掉牙齿吃屎，拔下胡须洗马桶。”有人公开提出“造林不如搞副业赚现钱”，有人当场表示今后再不出工植树了。

那些天，悲痛叹息、埋怨懊丧、讽刺挖苦不一而足。也有人这样送上安慰：“谷书记，樊县长，东山风大沙多，旱情严重，穷山恶水，既已尽力，无须自责。”说罢双手一摊，好像命该如此。

即使不听风凉话，大面积的木麻黄死亡，也已足够让人悲观泄气。毕竟死去的不是100棵、1000棵、1万棵，而是近20万棵啊，这是举全县之力、运动式近乎孤注一掷志在必得的最大一次造林啊！

在“四面楚歌”中，谷文昌却从白埕村意外发现的9株活树中，得到启发，并特别请来五级干部，为它们召集了一场别开生面的“展览会”，意气风发地说：“干部群众干劲冲天，种死了树大家都难过，但也不要馁志松劲，没有失败就没有成功，失败了再干就是我们革命走过的道路，是我们迎来胜利的不二法门，也是我们共产党的气概和风格。大家看到了，这9株树不是活下来了吗？能够活9株，就能活9000株、9万株，就能绿化全东山！”

不久后的全县大会上，谷文昌当众立誓：“如果不在沙滩上种活木麻黄，就把我这副老骨头埋在东山岛上，让风刮、让沙埋！”

斩钉截铁、气吞山河的一席话，把人们心中一个个问号拉直成一个个感叹号。自古都嘲讽“人心不足蛇吞象”，他却愿意为这方遭受风沙蹂躏百年千年、让代代民心绝望丛生的水土贪大求多！

樊生林被班长的豪言壮语点燃了热情，率先鼓起掌来。几年来的密切接触，他绝对信服，这个誓言要率领群众战胜风沙、根治旱灾的带头人，不为个人政绩和私心而来，追求的是让人民过上好日子！

感天动地啊，谷文昌没有一丝丝改变的言行，让这片饱经折磨的旱沙地知道了什么叫永不绝望，一片绿色希望开始从沙土的气息中荡漾开来。这片土地，这片土地以外的土地，此后连绵不绝地长出一棵棵木麻黄，大写意般密集绿色的希望，正发源于这 9 棵幸存的木麻黄。

而在绿意惨淡时，上级空降来一位副专员，兼任县委第一书记，谷文昌成了“二把手”。有人说，这是因为谷文昌反“右”不积极、大规模种树失败所致。连妻子都担心政治上出现一场“倒春寒”，担心今后工作不好开展，提醒丈夫小心为好。

全民“大跃进”以来，认为谷文昌思想右倾、干劲不足、保守观潮的人，为数不少呢。上级一听他汇报产量缺了个万字，就觉得难受。你问，粮食亩产能搞个万斤吗？他说搞不了。能搞个八千斤？他还是摇头。两三千斤总可以了吧？他半晌没吱声。上级说，人家能干，为何你不能干？他不好再说不行，却道要找大伙来商量商量。领导不满意地哎呀一声，你自己就不能当家？

以前对上级命令，他哪一次打过折扣？但这时在举国连放“卫星”之时，他却“退避三舍”。有人劝他，老谷，你拔高一点，配合一下形势嘛。得到的依旧是摇头。稼穑了半辈子的他，实在脱不了那个传统且正统的“胎”，换不下那个事情本身的“骨”。

幸好，新来的第一书记支持谷文昌和东山县委原定的造林计划。更大的幸却是，毛泽东在 1958 年北戴河会议上指出“要使我们祖国的河山全部绿化起来”。谷文昌认定这是毛泽东向林业生产提出的最新方向和更高要求，他大胆采纳群众经验，对白埕大队由多季造林转为夏季雨天造林，以及湖塘大队老农蔡海福“带土造林”办法加以总结，大力推广，种树成活率达到 95% 以上！

试验成功后，谷文昌将东山绿化划为十个造林战区，并在石埔村登上万人注目的“点将台”，以总指挥身份任命各战区指挥，发出“全党总动员、全县军民齐行动”的植树造林动员令。为了全面调动群众的积极性，樊生林坚决支持谷文昌的建议，县里为此出台政策：全县造林，国造国有，社造社有，队造队有，房前屋后植树归个人所有。

谷文昌志不移，力不竭，身腰扎着一条汗巾，手持锄头，有时肩挑装有树苗的畚箕，矫健地迈开步子，无声而有声地身先士卒，迎着风沙迎着雨，种树，种树。

树种不够，樊生林就亲自坐镇，指挥四处采集。国家为了推广绿化工作，从国外弄回来一批木麻黄树种，加上省林业厅的帮助和县里的育种，终于让谷文昌日思夜想的大难题迎刃而解。捧着这些辗转而来的珍贵种子，谷文昌像捧着一颗颗珍珠。每每给各单位分发树种，或指定专人培育，他少不得要千叮嘱万交待，生怕人家怠慢。

1958 年秋成立的人民公社，为社队统一行动提供了有利条件。经县委书记谷文昌振臂而呼、县长兼社长樊生林全力支持，东山百里长滩就布开了造林战场。种子撒遍东山大地，那个谁造谁有的大胆政策，连着相关细则也随之播进心田。

谷文昌也就这样心无旁骛，调兵遣将。每逢雨天，有线广播即刻播送造林紧急通知。其实不需广播，雨声就是命令，就能代谷文昌“一呼百应”，各级干部已然习惯于闻雷雨而动，放下手中工作，身披随时待命的雨具，带上锄头或铁锹，二话不说就奔赴各自植树造林战场。从四面八方向雨阵奔来的，是数十倍之的群众和学生，也几乎人人没穿鞋，谁都知道谷书记、樊县长在挥汗如雨地和他们在一起。

那些年，东山除了巩固海防，没有比植树造林更要紧的事了，雷打不动地闻雨而植，那也是抓住机遇呀，全县上下人人都对植树着了迷，为的是让绿色快些染遍海岛！

成千上万人同上战场，汗水与雨水交融，歌声同雨声齐飞，如此场面气贯长虹，天地能无感应？对头的时间遇见对头的环境，一株又一株木麻黄开始倔强地把根深扎在沙土里，只要有一丝雨露就茁壮生长。

1959年2月底，兼任的县委第一书记回地区复命了。又成“一把手”的谷文昌，更多的身影依旧在植树造林等工地现场，常常还是带病上岗。

在战天斗地、改造山河的一曲曲悲歌中，樊生林和谷文昌披肝沥胆，勠力同心，一往无前。

3

“大跃进”中，“人有多大胆，地有多大产”的口号铺天盖地，连同“放卫星”之风，越过八尺门海峡吹进海岛。面对上边“万斤稻万斤薯”的连催带批，谷文昌仍强调因地制宜先试一试。于是在九街搞了块试验田，按照上边的密植要求，尽见叶黄根烂。与此同时在山后大队搞了一亩密植地瓜试验，花了大力气，万般宠爱集一身，地瓜叶倒也茂盛，却不是万斤薯，成了万根须。于是，他和樊县长有理由向上级报告，东山土质特殊，不宜密植，容我们再摸索摸索，也许种好了树防住风沙，就能改良水土了。

向上级反映当然得委婉，县里开起反思会来，却没有轻描淡写。六级扩干会上，谷文昌明确指出县委在领导生产上犯了主观主义的错误：“我的地瓜试验田，为了创高产搞卫星，不惜任何工本，结果损失不少，这应该向山后和九街群众检讨。搞试验肯定是对的，但九街一下搞138亩，面积太大，下了几千元，计划收十万斤地瓜，结果只收到几千斤。即使收了十万斤，成本也还是太高，试验的指导意义也是不大，这叫作‘会乘不会除’。”在毫不含糊地表示“这种领导生产的主观主义作风，必须成为全党的教训”后，他也开了个玩笑：“这个失败像张飞一样有勇无谋，现在有了经验教训，等于加上一个孔明，今后就会成为一面永不褪色的红旗。”

那时，不少人着迷于所谓的“万”字行动，急于求成，对万斤花生跃跃欲试。谷文昌可就言辞峻厉了，说种田不计工本，是菜瓜打狗——双头损失，试验得出的结论，如此密植就是瞎指挥，照那样大面积搞就是对事业犯错、对人民犯罪，今后思想再不能发热，万斤花生我看就不要再搞试验了吧，待种好了树再说。

此番高论，在当时无异于石破天惊。樊生林站在了谷文昌这边，他曾听过谷文昌看似浅显实乃隽永的一番话：我们短短时间内能取得社会主义改造的伟大胜利，厉害就厉害在组织有强大的号召力，一声令下，大家跟着干，也因此我们在领导工作中要有清醒的认识，一旦指挥出错，群众因为相信这个组织也还跟着干，那损失可就大了！

“有猪肉吃”当成社会主义事业的一项指标后，各地养猪运动如火如荼。县委会上，樊生林拿出全地区养猪评比图表，略带揶揄地说东山养的猪还不如外县的猪尾巴大。谷文昌心里有数，说实事求是就好。年终，东山县超额完成生猪调拨任务，在全区评比表上由“猪尾巴”变成“猪头”。

大炼钢铁运动在全国持续升温。政治挂帅中，所谓的“钢铁元帅”升帐，城乡各处大小高炉林立，无数林木被塞进总也喂不够的炉膛，熊熊火焰日夜不熄。东山缺柴烧，又没有矿石，怎么炼？上边催得紧，下边不能没个反应，万不得已，谷文昌拉樊生林一起找上级领导：“要不我们就先砌个炉子试试吧。”试的结果，不言而喻。

如此这般试法，明眼人谁都看得出是打折扣应付差事，岂止是一般的硬着头皮啊。樊生林带着上级的批评来汇报，谷文昌仍不失冷静：“我们就请那些咿里哇啦不切实际的同志来东山，看看树在东山有多金贵，再把树砍光，正常人的脑子都会想到什么后果吧。树是我的生命，土法上马真能炼成铁，真要是缺了一棵树，就把我当作燃料吧！”

性格直率的樊生林眉开眼笑：“人家说我顽固，没想到谷书记比我还顽固！大炼钢铁真要缺这么一棵树，就先烧我吧，我起码是四木成林。”

谷文昌会意，苦笑道：“你听那些口号，多半是戏言、谎言、胡言乱语，牛皮吹上了天，糊弄谁呢？”埋头实干的谷文昌，一向不是高论滔滔的人，贯彻执行起上级指示来一向是坚决果断、迎难而上的人，这次少有地迟疑，判若两人。

在千人之诺诺中，一士之谔谔让樊生林感受到了巨大的信任，道：“你对我讲真话，我也跟你掏心窝里的话……”

毫无试探和装模作样的言行，让谷文昌越听越沉重：“东山有这些年的光辉，基础是取信于民，我们可不能自毁基业啊！”

他们都听懂了对方的话，为了东山，为了人民，他们得对那些不合岛情的指示，商量着来个“断舍离”。

大办公共食堂以来，东山和全国各地一样，“放开肚皮吃饱饭”没多久，大锅里没饭吃了，水肿病开始泛滥而来。粮食供应四方告急，饿肚子的群众纷纷怨叹：一无粮二无油三无肉，这日子怎么过？社会上还谣言四起：“今年抓紧吃几口，明年没饭供你吃，后年有饭不能吃（意即人死光了）。”

谷文昌面对现实，在县委会上直言不讳：“革命的目的，就是为了群众生活，民以食为天，如果我们连这个‘天’都不关心，那就是没有群众观点，就无所谓革命。”

樊生林也毫不含糊：“一定要让群众有饭吃，否则再来个东山战斗，就不知拥护谁了！”

缺粮情况已发展到极为严重的程度，稍有疏忽，就有大面积饿死人的危险。谷文昌誓言有声：“东山不能饿死一个人！”

光有口号不成，面对空空如也的粮仓，得有行之有效的办法。县委统一认识后，宁愿被“拔白旗”，也要紧急向地委、专署请求调拨粮食。会哭会叫的孩子有奶吃，县委如此这般为干部群众争取来了至关重要的100万公斤粮食，那可是一次救命粮啊！

事后，得知那年头的非正常死亡情况，得过水肿病的谷文昌心有余悸地对刘永生副省长说：“还好我们叫得早，要是迟叫，或叫不着，东山不知要饿死多少人，我这个县委书记跳海也谢不了罪！”

同样得过水肿病的将军副省长刘永生，熟悉全省灾情，痛心地说：“白痴饿了才不叫，你们不叫的话，岂不是亏了肚子要了命，饿死我们事小，对不起老百姓事大！”爱民如子、仗义执言的将军副省长还说：“闽东闽西多几个像你这样敢叫的干部就好了，就不会死要面子活受罪了，哪怕饿死一个人，都是对人民犯罪啊！”

东山碰到敢于“吭声”的县委书记，由此筑牢了生命防线，实乃人民之幸也。谷文昌的“吭声”，贯彻执行的也是中央后来说的“吃饭第一”的精神。

谷文昌情知，100 万公斤粮食之于 10 万东山人民到底是杯水车薪，若不及时自救，只能坐吃山空，束手待毙。于是在这特殊时期，埋头种树的他把群众的生命视为头等大事，和樊生林一起向地委、专署报告实际情况，主张渔业部门向灾区群众每人出售几十斤杂鱼，盐业部门供应低价盐。此外，县里还安排机关干部下基层，组织农民抢种蔬菜和早熟作物，帮助群众安排生活；组织医生、护士下乡巡回医疗，为群众治病。

4

谷文昌面对东山实际，和樊生林及县委一班人把群众对“大跃进”的热情，引到“上战秃头山，下战飞沙滩”的使命中来。樊生林自搭档谷文昌以来，不仅让谷文昌心无旁骛植树造林，自个儿也心往一处使。

谷文昌在林业一线乐此不疲时，坐镇县里的樊生林遇到上面一再强调的“拔白旗”，忧心忡忡地和谷文昌交流思想，请书记解疑释惑：“我踏遍全岛，却不忍拔一个呀。”

东山县委在这方面曾被批过“右倾保守”，谷文昌只能说：“要不是植树造林还没完成，我真愿意拔自己的‘白旗’顶上啊……”

残阳如血，植树群众收工了，两人还坐在新植的树畦前，交流对时局和形势的看法，一地的烟蒂也没帮他们寻找到解决问题的灵丹妙药。

但一些场合，谷文昌已开始批评骎骎而至的“浮夸风”：“肥料一报就是几万担、几百万担、几千万担，其实亩施才几十担。白埕两个干部清早出去走了一遍，用锄头在沙上耙几下，发现一片黑土，回来就报积肥12万担。礁头与埕英积肥竞赛，礁头将田土犁起来，上面盖上一下杂粪，说是积肥千堆万担。这种自欺欺人的作风害处很大！”

浮夸之风竟在他的眼皮底下向林业战线吹来，他更是毫不客气地批开了：“林业科科员向专署汇报东山林场化，全县林场有50个。我的天，其实大大小小才5个呢！湖尾苗圃实际只有6分，向上面汇报说有6亩多，浮夸了10倍！有人填报表格不但是闭着眼睛说瞎话，而且是睁着眼睛说空话，真是上边有制表专家，下面有填表状元！”

和谷文昌一样，樊生林对“反右倾”不积极，却也在县委常委会上激烈地反浮夸。

1959年9月，一场雷厉风行的“反右倾”运动在全国迅速展开，通知要求确定重点对象，进行批判斗争。在那情势下，谷文昌没办法不跟着批，却仍坚持“必须采取严肃与宽大相结合”，提出要“给他们一点事做”。一个个问号升起，他和樊生林多希望它们能如直树一样长成感叹号。问号是开辟科学的钥匙，这时的他们只希望它们简单如树。

1959年11月初，东山再次受令挖出数位“右倾”。县委扩大会议的总结报告中，谷文昌照样有态度：“以人民内部矛盾的方法来处理……给他们工作做，还要接近和教育他们。”这样勇于担当更带有冒险的表态，令人震惊，足见其政治品格！

打也打了，说了说了，这一打一说，体现的都是谷文昌对党的事业的忠诚，对全县各阶层干部群众的关心和爱护，以及为了党和人民利益不计个人得失的品质。但上面说“太轻”，与既定步伐“太远”。有位领导私下里婉转地说：老谷可不能光顾工作啊，鸟拔一毛都会吱一声，你可别火烧连营了还不知。

谷文昌愈来愈明白如何种树治沙，却无心琢磨这弦外之音。

1960年初，谷文昌和樊生林同往省里与会，得到的指示是：每个县的“右倾机会主义分子”里，至少得有一名县委常委以上干部。这对老搭档在会场一隅面面相觑，面对这无从更改的指标，划谁好啊？

他们来前，闽南大地刚过一场强台风，政治飓风却又在耳边呼啸，是拦风问路，还是任凭风驰云卷冲击身后的东山干部，何去何从？

不轻易污名干部群众，是谷文昌的为政品格和群众观点。县里“敌伪家属”妥善处理为“兵灾家属”后，他更不主张随便下结论定谁是坏分子、谁是刁民。他常说，就算有个别坏分子，可能也是我们工作失误造成的，就算人家真的犯了错误，只要属于人民内部矛盾，就得“惩前毖后，治病救人”，让人家还跟共产党一条心。但这次，雨大风骤，无计可避。

会议最后一晚，谷文昌在下榻处和樊生林议来论去，还是难下决心，烟头烫手了也不觉得痛。窗外，月亮时隐时现，云彩的黑影像魔怪似的在眼前闪过，他的心蓦地像天下第一奇石——东山风动石那般在风中微颤。东方欲晓，他终于一字一顿地说：“让下边的干部当替罪羊啊，那我们在干部群众眼里成了什么东西？何况他们都不够资格，具体工作中执行的是县委、县人委的决定，不管‘左’了还是‘右’了，责任都在县委、县人委，而主要在县委，不能往下推。”

樊生林低着头，语声低沉：“是啊，可咱们常委里找谁呢？”

谷文昌用力踩了脚地上的烟蒂，抬头看着樊生林，突然吭声道：“我看不用找了，这个人不是我，就是你！”

“我们？”樊生林蓦地想到了一年多前两人反对砍树炼铁的对话，当时只道是幽默，没料真要冲上前先行“引火烧身”了！他心头一热，不假思索地说：“你是书记，东山离不开你，真要是在劫难逃，也是我先上，不够再你凑！”

“不，我年纪比你大，真到了那一天，理应我先上！”谷文昌看到了樊县长眼神里的真切，大受感动，紧握住他的手不放。

绵绵不绝，蔓蔓奈何！他们不是一推三五六，更不是只求自保，而是自揽厄运，抱定两丁抽一、舍我其谁的决心！

名额分配下来后，有人主张报上县委常委、县委办主任的名字，谷文昌和樊生林都不同意。不久，谷文昌赴地委开会，一个“右派”名单都没上交，地委书记恼火地批评了谷文昌的“右倾思想”“错误论点”后，声色俱厉地说：东山领导层再找不到一个“右倾”，那这个人只能是你！

谷文昌回县后闷闷不乐，秘书关切问及，他才道及地委的“最后通牒”，沉重地说：“我现在成了‘右倾’重点对象，政治生命可能很快就没了，你要好自为之。”

秘书欲言又止，讪讪问道：“难道找不到人了？”

一场大火果真烧到眼前了，谷文昌却说：“几个月前打的一些人，我扪心自问，都觉得对不起他们和家属，现在你让我找谁顶去？不是有句话叫我不入地狱谁入地狱嘛！”

煎熬。备受煎熬。

谷文昌和樊生林围绕这场在劫难逃的祭坛争先“飞蛾扑火”中，突如其来的报告材料“成全”了樊生林。原来，樊生林半年前在驻岛部队的某个讲话记录稿，被政治觉悟高的部队呈送给了军分区，军分区又转送地委，地委认定这是反党言论，必须拿下问罪。

谷文昌无力回天，只能召开县委会拥护上级决定，却仍坚持定樊生林为“中右”，属于人民内部矛盾，从宽处理。

自古燕赵多慷慨悲歌之士，抗日英雄樊生林也是。原本就和谷文昌争入“地狱”的他，坦然面对，不多申辩，倒觉得如释重负，一颗悬着的心落到了实处：唯我是问，谷文昌或其他领导同志就可能安全了。撤职后的他缴交手枪等物后，不忘恳请谷文昌为东山保重。

谷文昌那一刻的心绪该如铅一样沉重！他也许默默无语，夜不能寐；也许叮嘱战友挺住，风雨过后会见彩虹；也许会把自己那个“不带私心搞革命，一心一意为人民”的座右铭相赠，共勉用一生的行动、用全部的忠诚来践行之……

在此后的会上会下，他有时也得违心批评，但事实一个也不捏造，全无所谓的“重磅炸弹”。谁能知道他的心在滴血！而且在樊生林落难之后，谷文昌再三提出，为了党的团结，避免更多的同志挨整，不要把有一点意见的人都牵扯上，更不得动辄上纲上线。在一次又一次强调“日日红，月月红，年年红”的会上，他也少不得宣布几条：不要有思想顾虑，要向党交心；言者无罪，闻者足戒；不打击报复，不反右派，不扣帽子；允许保留自己意见……

谷文昌带着东山草草在“反右”中收兵，迅速发出了建设八尺门海堤、把孤岛变半岛的出征令，并在县委常委会上主张依旧把樊生林派往海堤建设指挥部“戴罪立功”。面对异议，他还耐心说服：“中国自古就有将功折罪之说，共产党更应该给属于人民内部矛盾的‘罪臣’一定出路，放在火热的建设中出出汗，就会好得更快！”一席话火光四溅。

于是，东山1949年后首个大工程——八尺门海堤工地，来了全县最大的“右倾”。

5

一个犯了“错误”刚被摘掉县长帽子的人，躲开可能没完没了的斗争会，解脱到全县第一号工程指挥部来做实事，樊生林深知谷文昌的良苦用心。他感谢这个巨大的信任，决心不辱使命，于是卷起铺盖吃住在工地。当了全县头号“右倾”，如果说真是凑巧替下了谷文昌，那也只算“弱水替沧海”吧。心无邪佞的他，知道东山这个时候真的更需要谷文昌。

谷文昌兼任海堤建设领导小组组长，常往工地跑，检查进度，并参加劳动。石匠出身的他，不仅能示范如何打石头，还现场指导砌石。另有一个心曲是听取指挥部汇报时，顺便给樊生林传递信心和力量。

还在当县长时，樊生林就协助谷文昌研究制定了造林治沙之外的宏大建设蓝图：孤岛变半岛后，再带动其他海堤的建设。无论如何，都得把八尺门海堤打造成样板。再是忍辱负重，他都得全力以赴，“无官”也不能“一身轻”。

一天，谷文昌下工地见樊生林又在挥汗如雨地靠前劳动，不无关切地说：“也只有真正的共产党员，当了‘右倾’还这么拼命。”

樊生林坦率地说：“给我定的是‘右倾’，又没开除我的党籍，党员到什么时候都得有个党员样啊！”

困难时期缺食少营养，谷文昌担心樊生林身体吃不消，几次给他带饼干。那时买饼干都要经县商业局长批准，虽然钱不多，但物以稀为贵，有钱也经常买不到。谷文昌去地区、省里开会回东山，经八尺门时也总要停下，和樊生林拉呱几句，不时捎上外头买的小礼品，还叮嘱工程的实际指挥多加关心。对樊家人，县里也尽可能在严冬气候送上些温暖。

谷文昌的关心让大家看明白了前县长在县委书记心中仍有的位置，因此谁也没再对这位本来就值得尊敬之人落井下石。樊生林在工地上处处受到尊重，还住进了指挥部。

有次，工友送给樊生林一条刚捕获的海鳗，他舍不得吃，放进水桶里养了起来。几天后，谷文昌又下工地劳动，樊生林说，谷书记瘦多了，可得多保重，这条海鳗就让通信员带回去给你补一补吧。

熟人都知道谷文昌拒礼或按价收付的习惯，但这次他例外了，显然觉得却之不恭，收下才是对落难战友的最大安慰，对革命情谊的最大理解。

1961年6月，海堤顺利合龙，两个貌不惊人的中年男人在堤角席地而坐，发白的衣服上都溅满了泥巴和海水，苍白的脸上被海风刻下了一道道皱纹。

“生林，你受苦了。”

“谢谢谷书记和党的信赖、群众的接纳，这段日子让我心灵的伤痛得到了治愈，你受的苦累更多……”樊生林知道，在自己被解职不在岗位的日子里，这个世界的所有风雨都绕过他向谷文昌一个人倾斜。别说“发配”自己，谷文昌不也常来这里劳动嘛，而且这一年来他在海堤之外，还让东山的“绿色长城”取得了关键性建设，并粗具规模！

“有时我想，这个‘右倾’要是换成了我，又会如何？”谷文昌内心翻江倒海，万马奔腾。

“我想，你可能会说，八尺门海堤能阻拦八丈风浪，共产党人的堂堂身躯如何就不能承受一些政治风浪？无论如何都不能忘记党旗下的誓言……”

“是啊，一名共产党员，除了对党的忠诚、对人民的负责，还需要什么呢！”谷文昌说罢，很响地咂了一下嘴唇。

一支又一支烟，压住了心头些许浮躁，也淡化了眼前几多愁闷。

一个奋发有为的在职县委书记，一个因言废人的落难县长，既没有居功自傲的炫耀，也没有耿耿于怀的牢骚。他们讲真话，话讲得真诚；干实事，事落到实处。法国作家雨果在名著《悲惨世界》中说：“比天空更宽阔的是人的胸怀。”真正的共产党人，不正有这样宽阔的胸怀吗？我将无我，还有什么“悲惨世界”！

6

“樊生林等同志的‘白旗’拔错了，我代表组织向樊生林等同志表示歉意！”

海堤通车一年后，1962 年冬，依照中共中央《关于加速进行党员干部甄别工作通知》，各地对自 1958 年以来历次政治运动中受到错误批判处理的党员干部，进行甄别纠错。谷文昌第一时间就把樊生林给甄别了，并给那些年错划的所有“右派分子”全部摘帽，代表组织道歉。

樊生林调任地区专署办公室主任，走得很急，谷文昌仍前去送行。在握别时，历史老人那阅尽沧桑的双眼如他们那般，充盈了泪水。

两年后，谷文昌的通信员何坤禄去漳州公干，顺道看望调去给樊生林当通信员的老同事，对方热情地拿了两角钱面值的澡堂票要给他“洗尘”。不意惊动到了老县长夫妻，遂有一场让他一辈子难忘的经历：其妻看到他，犹如看到谷文昌那般，眼里直冒火，手指着他说，你回去告诉谷文昌，我们没罪！彼时一个官员被“打倒”后全家遭殃之痛，何坤禄是明白的，也知道她对谷文昌有误解，有意见，把无名之火发泄到自己身上来了，自己是在替谷文昌受气，可总不能把责任无端地全推给谷文昌啊，他的心在滴血。幸好，在她的咄咄逼人中，樊生林闻声而至，一向轻声慢语的他忍不住斥责起了妻子，说你怎么能这样跟小何说话，谷文昌没害过我，他也没权力整我。

此事一晃 40 多年，年过八旬的何坤禄向我谈起塞心往事，依旧老泪纵横。我知其心，和谷文昌情在师友之间的他，实在不愿看到敬爱的老书记平白无故地背负此深深误解甚至整人的恶名啊！而老书记曾经蒙受的屈辱和伤害又该向谁讨说法？打倒和平反都是一张纸，只是常常让人感觉，前者“重如泰山”而后者却“轻于鸿毛”。此后一别，谷、樊及他们的妻子均先后作古，他也不知樊妻是否冰释旧嫌。我宽慰老人，樊县长既知祸起萧墙之因、谷文昌刻意保护之意，家人终能理解那一段台前幕后之事。

我的宽慰并非空穴来风。

1981年1月，谷文昌病重之时，樊生林一次次走进了医院。不知是命运捉弄人，还是有意让他们多些交集，这些年来他们竟是如此的“形影不离”：樊生林接替他当东山县县长，而后他又继樊生林之后领导地区林业局，再之后两人又同是行署副专员，樊生林还是地委常委。20年前“反右倾”那一幕悲剧，刚结束的“文革”这场浩劫，一切都再清楚不过了。他们先后落难，蒙受巨大冤屈，却早已相逢一笑泯恩仇，犯错误的不是他们，身为“诤臣”的他们却使党更清醒了。改正了错误、总结了教训的党，还是他们衷心拥护和爱戴的党。谷文昌多希望自己还能继续为这个党为这个国家尽忠啊，可惜没有机会了，他期待这位小自己半轮的老搭档能有更大作为，特别是继续推动东山的植树造林这个百年大计。

眼前铁骨铮铮之人，却丝毫没了当年不知疲倦的神采，樊生林紧握着他已然不盈一握的瘦弱之手，所能感受到的力量已经不再来自肌肉，而是微弱的声带，他要以坚定的握手来传递自己由衷的敬意和心声。

谷文昌逝世4年后，1985年，著名作家霍达在漳州拜访了离休的樊生林。在后来曾获茅盾文学奖的回族女作家笔下，这位历尽坎坷的老战士说起当年冤案，只是淡淡一笑，并说：“党是了解我的，就在八尺门海堤落成之后不久，就给我甄别平反，重新安排了工作。我个人没受什么损失啊，倒是利用那段时间干成了一件实事。”

我没能见到樊生林，只能望着他的遗像作无声的交谈，再通过知情人的讲述，尽可能准确地了解他。

7

1987年，谷文昌的骨灰跨过八尺门海堤回到了东山。6年后，樊生林身故，遗言也葬东山。

他们，一个河南人，一个河北人，一个长眠于东山之南的赤山林场，一个沉睡在东山之北的八尺门海堤近旁。他们一生都没放下过东山，他们回到了家，他们的坟前都围绕着苍翠的森林。

这两个异乡人，真是两粒坚定不移的种子，“在人民中间生根、开花”！

有了他们曾经的“面朝大海，春暖花开”，昔日让人谈风沙而色变的荒岛，已成为“中国优秀旅游县”“国家级海洋生态文明示范区”。

在他们身后，谷文昌2009年被评为“100位新中国成立以来感动中国人物”，2019年荣膺“最美奋斗者”称号，持续受到习近平等党和国家领导人的高度肯定，谷文昌干部学院也因而闪亮登场……

10年，20年，30年……“先祭谷公，再拜祖宗”也像种子一般，在东山开花结果为一种新民俗，胜却本地籍大学问家、抗清复明志士、“一代完人”黄道周，以及著名东山关帝庙的祭祀仪式；而樊生林的墓前，也有香火缭绕。

这对老搭档，如同当年但为人民何辞死，其实谁都更愿做绿叶，死后却仍如两颗永不枯萎的种子，守望东山，继续播撒一路春风，诠释共产党人的情怀。

在他们身后，我走过木麻黄，走过海堤，走过曾叠印着他们无数脚印的沙滩、山头、田地，不由得想起那首歌：“兄弟啊，想你啦，你在那嘎达还好吗？”他们不会唱这样的歌，但他们知道人间忧乐，顾盼之间能认出眼前这些株连蔓引、株棵粗壮的千树万树。

钟兆云，中国作家协会会员，福建省作家协会副主席，福建省传记文学学会创会会长，现任省委党史方志办公室宣教处处长，《福建党史月刊》主编。曾出席全国第五届青创会、全国第八届和九届作家代表大会，出版专著40多部，曾获福建省政府百花文艺奖、社科奖等多种奖项。

闽海红潮（报告文学）

——战斗在伪“和平救国军”中的中共党员

◎ 郑国贤

主人公张伯庭，浓眉，细眼眯成一条缝，鼻梁直，但低，厚嘴唇，门牙是露的……一脸的憨厚相，如果不看相片之外的文字，你会觉得他放在任何政权任何机构，都是杂役一名。时势造人，在抗日战争最困难的时候，他却成长成一条铮铮铁骨的汉子，还是“船老大”——中共莆田县委书记。在胜利曙光初露时，他倒在了国民党反动派的枪口下，倒在赤色的湄洲湾海岸边……

1942 年 5 月，初夏午后的斜阳还高高地挂在莆田县城的上空，耀眼的逆光穿透门前浓郁的荔枝林，投在院前砖埕的影子令人迷幻……秘密潜回家中的张伯庭，透过楼上小窗的一道缝，一眼看见邻居大厝婶挑着牛肉担子出现在回来的村道上……

从她那急促的步伐，张伯庭读出她肯定带回什么要紧的东西。

大厝婶年轻，界外（沿海）人，嫁给隔壁陈家，却比本地女人胆子大，说话落落大方，陈家虽是革命联络点，然而她丈夫是个窝囊废，党组织所需的联络跑腿的事，都由她来完成。她丈夫杀牛宰羊的技术不错，但推销贩卖牛羊肉的事就全由女人了。女人心灵手巧加上嘴巴甜，村里卖不掉的肉，就卤了挑到城里十字街去卖了。城里有钱人多，卖卤肉赚的比鲜肉还多一成！

张伯庭看中的就是她每天往返城里与四亭村这一点。他与闽中特委约定，就以十字街打金店为联络点，有事通过大厝婶，让她传递通知给他。

果然，这时大厝婶过了自家门没有拐进去，而是直接来到了村东头第一家张家。伯庭站在大门里，招呼："大厝婶，生意好啊？今天都卖完了？"

大厝婶答："是卖完了，还剩一块，你家可要？"

伯庭知她有事，忙说："进来吧！进来喝口茶，天气这么热，辛苦你了。"

大厝婶迈进门里，既不要喝茶，也没有开担盖取"一块肉"，而是低声对伯庭说："十字街打金店店主带东西给你。"不等伯庭答应，她往房间暗处走了两步。衣衫单薄，她很懂礼数地转身背对着伯庭，从肚兜里掏出了一张小纸条，庄重地递给了伯庭。

上面写着："明上午九点鼓楼菜馆二楼，略奉薄酩，恕催。老汉。"

伯庭笑了："老汉真幽默，这纸条还有结婚请帖的腔调。"老汉叫翁鸿镗，闽中特委委员。

次日上午，算准时间，伯庭踏着古驿道的石板路来到了约定地点：位于古谯楼正对面，十字街街口的鼓楼菜馆。尽管地处莆田城最繁华喧闹的商业街，但还不到中午饭点，菜馆里十分清静，伯庭进门时，店里的伙计做了个请的手势，他就踏着木楼梯登上了二楼。

二楼也是大房间，可以办四桌酒席。伯庭上楼看到：翁鸿镗已坐在靠窗的一张桌上，边上还有两个陌生人。

见到伯庭，翁鸿镗站起来，向他介绍两个陌生人："这是戴天宝同志，这是陈文通同志。他是福建和平救国军第二大队张天祯部副官；他在张部第一中队任文书。"

"汉奸啊？！"伯庭吃了一惊。

"不要一惊一乍的，都三十出头的人啦，还这么不成熟！"翁鸿镗把伯庭按在椅子上，"今天通知你来，就是叫你下海当'汉奸'的，而且是带人带枪当'汉奸'去……"

伯庭又要站起来，翁鸿镗有力的手又把他按下去，并从衣兜里掏出一份文件，是蜡版刻写油印的，递给伯庭。

这是中共东南局刚刚发来的关于反对“国顽”第二次反共高潮及实行隐蔽精干政策的指示。文件中提到：1940 年 5 月 4 日，毛泽东亲自写了中共中央给东南局的指示信，明确提出党在国统区的方针不同于战区和敌后，应当实行“荫蔽精干、长期埋伏、积蓄力量、以待时机”的方针（简称“十六字”方针）。

领袖有此指示，伯庭坚决执行。他坐定后，翁鸿镗说：“不仅我们这么做，人家老蒋已捷足先登了。戴笠的军统闽南站派第一个特务叫郑文贤，利用仙游同乡的关系，前往湄洲岛跟随张逸舟活动，取得了张部秘书长的职务。军统闽北站不甘落后，1940 年 8 月，派郑德民、林沧圃、苏骏驹三人，带着二十余人枪下海，与闽南站的特务竞争勾结伪军。军统闽南、闽北两站派去的两郑争夺张逸舟部的工作领导权，各执一理，相持不下。自福州第一次沦陷后的五、六月间，一直到那年的年底，戴笠决定另设闽海军运直属组时才告停止。所谓闽海军运直属组，只有组长张驰一人，由军统局直接掌握，所有下海的特工郑德民、林沧圃等北站的人，郑文贤、谢文新等南站的人，都归张驰领导。张驰是张逸舟为德化民军司令时的旧属，且是同宗，私交甚密。仙游阿姬就认这一张字，他没有公开的职务，张逸舟却对他言听计从，十分强势，伪军官兵都叫他太上司令，简称‘太上’。你想知道这位太上第一次在南日岛见到张逸舟时，两人的对话吗？我让天宝跟你学说一番吧！”

戴天宝说，张逸舟一进郑德民的指挥部，就打趣地说：“据说有蓝衣社分子（当时人们不知道所谓军统特务的名称，一般都称呼为蓝衣社分子）潜入本岛，搜查，搜查！”张弛微笑地答道：“蓝衣社分子，竟然胆敢来到伪军汉奸的所在地活动，真是胆大包天，可恶至极！逮捕，逮捕！”副司令黄玉树接着说：“你这吃豹子胆的特务，竟敢在我们面前，公开骂我们是汉奸、伪军，而又高呼要逮捕蓝衣社分子，真是‘贼喊捉贼’了，如此刁顽之徒，应该给你来个下马威，先打四十大棍，然后押赴法场处斩！”这些开玩笑的话，逗得在场的都哈哈大笑起来。说笑之后，张逸舟就要张弛到他的司令部去。郑德民连忙阻止说：“阿驰刚刚到此，一路辛苦，我看还是让他在这里休息一下，明天过去不迟。”于是决定第二天送张驰到总司令部去。接着，他们又商量派人过海去石城买猪来宰杀，办酒席为张驰接风……

说完，翁鸿镗拍着伯庭的肩头笑谈：“张书记，我相信明天你去见这位族兄，他肯定也是杀猪宰鱼宴请你的——都说一笔写不了两个张字，这位闽海之王就吃这个啊！”话毕，收敛笑容，布置张伯庭尽快去忠门、渠桥基点村，动员组织武装骨干下海投入伪军之中，说完大家便分头散去。

张伯庭，1910 年 1 月出生在莆田城郊四亭一个贫农家庭。小时候读过两年私塾，1926 年，他到涵江中学当工友，党组织正在城涵各中学学生中进行反帝反封建宣传，他有机会和革命同志接触，开始参加革命活动。1927 年，他配合党的干部在四亭、郊下一带发动农民，建立农会。以郊下为中心，开辟了一个比较稳固的革命基点，并逐步向周围几个村庄发展。在此后十多年中，这里一直是莆田县内地与沿海联络的重要据点。这一带普遍种植甘蔗，便于隐蔽，我党游击队经常在甘蔗丛中扎草房，作为居所。伯庭的母亲和弟弟及邻居大厝婶等都担任联络工作，因为群众关系好，人缘好，住在这里的革命同志都没出过事故。1929 年他入了党。

1935 年，张伯庭任莆田县委委员。抗日战争全面爆发后，他利用国民党农会组织，开展各种合法斗争。特别是在郊下、溪安、长丰等一带，贫苦农民都发动起来，迫使地主接受二五减租，并开展了反对“买青苗”“放高利贷”的斗争。此外，他还组织了一支农民抗日宣传队，亲自参加编演戏剧，进行抗日救亡宣传，产生很好的影响。

1940 年，莆田沿海一带因灾歉收，发生严重粮荒。张伯庭在忠门发动农民游行请愿，迫使国民党当局发放了一批救济粮，减轻了灾荒给群众带来的痛苦，扩大了我党在群众中的影响力。

1941年初，国民党顽固派不断制造反共摩擦，到处摧残压制抗日力量，我党工作很难开展。就在革命处于困难的时候，张伯庭受命担任中共莆田县委书记。为了开展抗日反顽斗争，他奉命到顽固派势力相对薄弱的莆田沿海一带组织武装力量。在工作中，他与群众同甘共苦，取得了信任和拥戴，取得了工作的主动权。先后在黄瓜、南日、湄洲等岛屿发展了一批抗日力量，建立了据点。从此，以莆田沿海岛屿为中心，向北通过黄瓜岛可以与福清、平潭、长乐等县联系，向南通过湄洲岛可以与惠安、晋江等县联系，形成一条海上交通线，使闽中地区的地下交通能从陆地和海上两路巡回机动。

1941年9月，中共闽中特委机关迁往长乐南阳，张伯庭随同特委机关转到长乐，担任机关警卫工作。1942年4月，国民党顽固派发动“江田事变”，派兵进攻南阳。为了保证特委领导安全和保存武装力量，张伯庭率领机关教导队100多人由海上撤到莆田沿海一带，继续坚持斗争。

张弛、郑文贤、郑德民等军统特务投入“和平救国军”，并没有从根本上改变张逸舟所部的伪军性质。并非由于国民党“政令不通”，而是军统自成体系的性质决定的。1941年春夏之交，张逸舟被国民党福清保安队赶出南日岛，退到了白犬岛借“和平救国军”第一路军所部林震的一席之地栖身，这使张逸舟及手下的大小头目明白过来：身居乱世，谁的拳头硬谁说话算数，否则挂什么旗号都无济于事。他深感自己尚实力不够，渴望尽快扩大队伍、扩充实力。正是在这样的背景下，他令张天祯向他的“把兄弟”张伯庭求援。

恰如祈梦有人送来了枕头，张伯庭把情况向翁鸿镗汇报后，即从莆田渠桥、忠门基点村和特委干训班组织37名武装骨干下海，被编入张天祯大队第一中队。这些地下工作者都经过严格审查，并宣布纪律：一切行动听指挥，严格保守党的秘密，不准暴露本人和其他同志的真实姓名、家庭地址，不准嫖赌淫和吸毒。

次年 8 月，为了统一对海上武装队伍的领导，同时继续做张天祯的转变工作，以便左右该伪部，闽中特委决定派特委委员翁鸿镗下海。他化名为张国栋，由张伯庭以同宗兄弟的名义推荐给张天祯。翁被委任为大队参谋长兼政训员。随后，翁与张伯庭研究决定，并巧妙取得张天祯同意，把莆田、福清、平潭三支队伍合并，成立第二中队，由中共党员康金兆（化名张国强，也作为张伯庭的同宗兄弟）任中队长。

张伯庭在伪军中虽无公开职务，但他以张天祯把兄弟身份纵横海上伪部，张天祯对他言听计从。为了进一步扩大海上力量，躲开陆上国民党顽固派的挤压和摧残破坏，闽中特委从惠安等地再动员一批人员下海。张伯庭向张天祯建议成立第三中队。至此，张天祯伪部中的伪我实力比例如下：第一中队总人数 80 多人，我占一半，实权控制在地下人员庶务长林锦云及各班班长手里；第二中队总人数 157 人，全部是地下人员；第三中队总人数 80 多人，全部是惠安籍地下人员；第四中队 70 多人，全部是伪军，大多是张天祯的东峤赤岐老乡。由于第二中队人数最多，武器装备及队员素质最好，故深受张天祯器重。我党领导的武装力量，基本可以左右该伪部。

“和平救国军”其实就是各股海匪的乌合之众，内部互相倾轧和吞并是免不了的。在兼并中，张逸舟部由于得到日军和军统两方面的支持，终于统一了闽海诸匪。而由我党控制的第二大队第一中队，在战斗中，表现坚定、勇敢，在跟随张逸舟向北扩张、建立“海上王朝”的进军中，一直是伪军第一路军的主力之一，不论在白犬岛还是在南竿塘都是跟司令部驻扎在一块，对伪军首脑的活动情况比较容易掌握。这对当时闽中特委在长乐前线建立隐蔽抗日根据地是十分有利的。

“海上王朝”成了“张家王朝”，张伯庭与张驰一样，在这里如鱼得水，游刃有余。

1942 年 9 月，有日本运输舰一艘，运载汽油（后查明是航空用油）1 万多桶，每桶 53 加仑，驶至闽浙交界的海面，被美国飞机炸沉。该运输舰重新浮出水面后，汽油一桶一桶地浮在海面，随潮水漂流南下，被东引和西洋各岛的渔民捞去，藏在了家中……

张驰对张伯庭说："第一中队在西洋岛驻防，你可过去，督促弟兄们把汽油都收上来，我们有用。"

伯庭："您是仙游人，不懂海面的风俗：破船救人捞尸，甚至收埋海溺，是渔民的俗例；而捡拾破船上的货物，也是历来的惯例，不拿，也沉到海里了——理所应当。渔民既把汽油捞回家，如何收得上来？"

张驰说："你们界外人'拾打破船'的习俗，我怎么不知？但这次情况不同，渔民都是用木帆船和舢板，汽油有什么用？上海、宁波、温州大港口都在日本人手里，他们敢去卖吗？要钱不要命吗？"

伯庭："总得给点什么吧！如给渔民一匣或两匣鸦片膏，总不能拿枪对着老百姓，逼出汽油来？"

张驰笑了："不用你做恶人，拿钱买回来。"

伯庭惊讶："听说是 1 万多桶，哪来那么多钱啊？"

张驰胸有成竹："这个不用你发愁，我们的军需仓库里，有 10 箱储备券（系汪精卫南京伪政府发行的，南竿塘张逸舟军需仓库里的储备券为军统假造的），你带一箱过去足够了。"

伯庭："哦？"

伯庭离开南竿塘前往西洋和东引岛时，张驰特地又交代："给渔民储备券，告诉弟兄们，手门要松，但也不能太松。太松了，发的数量太大，很容易露馅出事，弄得不可收拾。"

张伯庭领导第一中队顺利收回渔民手中大部分汽油，深得张逸舟张天祯的赞赏。张驰又命令他把汽油雇民船运往福州，转运南平，由军统派汽车到南平接运往重庆。

张驰后来告诉伯庭，1943年3月，戴笠来到福州，住在上杭街尤柳门家里就曾夸夸其谈：“在这抗战期间，我们赖着全体工作同志的努力工作，成绩是显著的，对政府、对抗战的贡献是大的，这种情况，委座对我们是了解的……这次我路过江西某地时，遇到福建保安处长黄珍吾。黄处长曾告诉我：‘海岛上那一帮人都是汉奸，很靠不住，你要注意。’我就答复他：‘敌人常说，一滴汽油一滴血，我看，像这样能够送汽油给我们的汉奸，不妨多出几个有什么不好！’黄处长听到这里，也就哑口无言了。”他讲话时得意的神态，溢于言表。

伯庭听了心里一松，倏尔一紧：自己和我党地下人员，是否表现得“太优秀”了，以至暴露了与其他伪军明显不同的战斗力和执行力呢？

尔后，张天祯返回莆田乌丘老巢，所部驻防湄洲岛、南日岛和黄瓜岛等地。

1943年10月，福建省委机关拟迁到闽中，但经济条件十分困难。正在这时，隐蔽在伪军中任副官的中共党员蔡光镳报告：有一艘大型货船在厦门装货后将返回乌丘。闽中特委当即决定在我秘密基地鸬鹚岛附近进行截击。结果缴获一批日军禁运物资，价值3万多元法币。后来通过各种渠道将这些货物变卖，所得款项供给省委、特委机关开支。

隐蔽于乌丘屿的第二中队，先后于1942年年底和1943年2月，两次袭击前沁盐场的国民党盐警队，缴到步枪60杆、轻型机枪一挺、手榴弹数百枚。由于有陆上地下党做内应，每次登陆缴枪，皆如探囊取物，弄得盐警不知兵从何来，目瞪口呆。其他伪军又对第二中队羡慕不已。1942年11月，打入伪军第二大队任检查处处长的陈天连带队出哨，遇到国民党军队的三艘运粮船，立即截击。结果缴获大米700多担，除一部分留在海上外，秘密运到我党控制的沿海基地，支援陆上自卫武装队伍。

1945年3月，日军已处于日暮途穷的境地，军用给养日趋吃紧。有一艘日本运输船运载汽油经乌丘海面，被陈天连的检查船拦截检查登船时，陈天连故意碰开自动卸货开关，使船上的几百桶汽油滚入海中……这批汽油被附近的渔民打捞后，集中到地下党组织手中，分散运进内地出售，所得经费充作地下斗争之资。

1945 年 5 月 18 日，日军从福州撤退。

21 日，福建省委在长乐南阳召开紧急会议，针对日军撤退后的形势，断定“和平救国军”必将“反正”投靠国民党而出卖我隐蔽队伍。省委决定张伯庭等一定要在他们“反正”之前，把自己的队伍撤回山区。随之，省委领导先派蔡文焕从长乐南阳赴湄洲岛向张伯庭传达省委的决定。但蔡文焕不是走陆路从莆田通过地下交通线与张伯庭联系，而是从长乐牛头湾直接弄了一条木帆船，随带 11 人从海上航行南下。结果船在平潭海面遭国民党保安部追击，弄得桅断帆坏，只好拐到莆田黄瓜澳修理，耽搁了一个多星期时间。待续航到湄洲时，伪军已全部过海进驻了莆田忠门的东吴村，蔡只好接受林萱建议，让船继续顺风南下到晋江科任（林的家乡）登陆，结果酿成 11 人全部被捕的“科任事件”。

蔡出发了好几天，省委领导听不到消息，遂又派粘文华从惠北乘船去湄洲找张伯庭传达省委指示，要求他们立即组织人员从海上撤退到惠北。但张伯庭考虑到隐蔽队伍的处境，已今非昔比，而是置于伪第一路军五六百人的监视之下，且所有船只均被副司令黄玉树封扣，故从海上撤退是逃不出敌人魔掌的。因而张伯庭把希望寄托在张天祯身上。他认为只有策动张天祯一起上山，才有希望逃出伪军与国军联合控制的海区。但张天祯既怕投靠国民党后终会被消灭，又怕跟着共产党自己会受不了（他吸毒成性，兼有一妻两妾），故一直在犹豫观望。就这样，省委对张伯庭的指示得不到落实。

5 月 29 日，形势骤变。黄玉树下令伪第一路军全部由湄洲岛移驻对岸的东吴村，开了伪军久未进驻陆地的先例。6 月 2 日，国民党保一团分别进驻东吴周围的几个村庄，对东吴形成包围的态势。在驻扎东吴的几天里，黄玉树故意以防范保安团袭击为名，每晚三更半夜集合布防，加强岗哨，制造其并未与国民党军队勾结的假象。6月7日凌晨，伪第一路军指挥部突然以通知开会为名，将康国强诱捕并即刻带到海边枪杀。紧接着，黄玉树派警卫中队立即包围隐蔽队伍第二中队驻地，宣布要搜查共产党干部。与此同时，国民党保安一团的队伍亦涌入东吴村，挨家挨船进行搜查，致使隐蔽在海滨船上的张伯庭、邱子国被捕。

东吴村后的小山坡上，伫立着明代建成的七层石塔，那是渔家为雾海中的归舟所筑……此刻，夕阳给湄洲湾披上了一层粼粼波光，张伯庭和他的战友们在塔下站成一排。面对统治者的枪口，他坦然微笑，眼望海湾。他坚信：争自由反压迫的鲜血，如同大海赤潮，必将永恒……

国民党保安队的枪声响了……

郑国贤，中国作家协会会员，曾任莆田市文联专职副主席，著有报告文学散文集《蔚蓝色的启迪》，长篇报告文学《漂泊的家园》《林兰英院士》《红与蓝》，散文集《夜望壶山》《兰溪鼓韵》，作品获首届中国出版政府奖提名奖及福建省政府百花文艺奖等。

远远望去（散文）

◎ 杨际岚

“香港作家闽西行”的日程表上，这一天安排了参观“瞿秋白烈士牺牲地”。

牺牲地包括三处：汀州试院囚禁处，中山公园八角亭，罗汉岭下遇害处。

和香港文友到了汀州试院。此地宋代为汀州禁军署地，元代为汀州卫署址，明、清辟为试院，汀属八县八邑科举应试秀才的场所。后来成了福建省苏维埃政府办公地，红军长征后试院驻扎国民党军队 36 师师部。瞿秋白被关押在这里。院内矗立唐代双柏，已有 1200 多年，树龄与汀州城是同年。古柏之下，时而舞刀弄枪，时而挥毫泼墨……沧海桑田，它目睹了客家首府的风风雨雨，也见证了一代英杰的生生死死。囚室外百年石榴依然茂盛。唐代皮日休诗云：“火齐满枝烧夜月，金津含蕊滴朝阳。”每到五六月，繁茂怒放，灿若云霞。1935 年 5 月 9 日至 6 月 18 日，瞿秋白在狭仄阴暗的囚室里度过了人生旅程中的最后的 41 天。正是石榴花开的时节。那一年，窗外石榴树应如常绽枝吐蕊。它为置生死于度外的远足一壮行色。

后人力图还原瞿秋白牺牲时的场景。

晴天，餐后，泡上茶，点支烟，坐在窗前翻阅《全唐诗》，集句而成：

夕阳明灭乱山中，落叶寒泉听不穷。

已忍伶俜十年事，心持半偈万缘空。

书写至此，来人传令催促动身。瞿秋白于是疾书：方提笔录出，而毕命之令已下，甚可念也。秋白半有句：“眼底烟云过尽时，正我逍遥处。”此非词谶，乃狱中言志耳。秋白绝笔。

瞿秋白上身着黑色中式对襟衫，下身穿白布抵膝短裤，黑线袜，黑布鞋，来到中山公园八角亭。他背着双手，昂首直立，留影告别。当地记者报道：“全园为之寂静，乌雀停息呻吟。信步行至亭前，已见韭菜四碟，美酒一瓮，彼独坐其上，自斟自饮，谈笑自若，神色无异。”“酒半乃言曰：‘人之公余稍憩，为小快乐；夜间安眠，为大快乐；辞世长逝，为真快乐。’”随后，缓步走出中山公园，手持香烟，顾盼自如，沿途用俄语唱《国际歌》《红军歌》。他走了二里多，到了罗汉岭下蛇王宫侧，在一处草坪盘膝而坐，平静地说：“此地甚好，开枪吧！”

关于瞿秋白就义的资料，基本情况大致相似，亦有细微的差异。比如被枪杀前说“此地甚好”，也有“此地正好”，“此地真好”，或“此地很好”，“此地也好”。终了，所说的，无论哪一种，似乎都能契合瞿的心境和气概。刑场上的瞿秋白，定格于视死如归。自此，烈士英名远扬，功绩被传颂，精神被讴歌。

世事难料。此后却有一段时日，是非全然颠倒。瞿秋白长久背负“叛徒”的恶名，肇因全在于《多余的话》。1935 年 5 月 17 日至 5 月 22 日，瞿秋白在囚室写成约两万字的《多余的话》。那天，在汀州试院参观，香港文友往访“瞿秋白被囚处”。这时，我正好接电话，龙岩作协朋友要赶过来，没听见导游如何介绍囚室中的瞿秋白及其《多余的话》。假如当地文友在这儿，他们心目中的瞿秋白又将呈现出何等样貌呢？我想，会是英勇不屈，绝不低头，坚拒多次劝降，也会是无所畏惧，从容面对，读书，赋诗，书法，刻章……这全是事实。然而，还有那《多余的话》呢？或许会说瞿秋白勇于自我解剖，直面人生。今天，那可能是不少人的共识，导游词上或者就这么写。当年却并非如此。“横扫一切”之风，殃及瞿秋白。《多余的话》被斥为“自首叛变的铁证”，“屈膝投降的自白”，瞿竟成了“大叛徒”。八宝山瞿秋白墓及其父墓（葬于济南）、其母墓（葬于常州）均被毁。八宝山革命公墓坟墓被破坏120座，瞿墓受毁最为严重，迹近于鞭尸。欺凌暴虐莫此为甚。

似乎早就预感身后将招致种种非议，在《多余的话》中，瞿秋白直截了当地表明，“我不过想把我的真情，在死之前，说出来罢了”，“趁这余剩的生命还没有结束的时候，写一点最后的最坦白的话”。“历史的偶然”“历史的纠葛”“历史的误会”……字里行间，时时盘桓于“历史”之中。“历史”如此之严酷。“一羸弱的马拖着几千斤的辎重车，走上了险峻的山坡，一步步地往上爬，要往后退是不可能，要往前去是实在不能胜任了。”他终究从政治巅峰跌落下来了。“历史”又是如此之吊诡。“以平凡的文人”自诩，竟不期然地充任领袖人物，却又承受“路线错误”的重责，甚至多年负载“叛徒”的罪孽。以《多余的话》向人世间诀别，终究遗响不绝，永久走进史册，为后人世代缅念。

曾在微博上读到丰子恺的一段论述，人生像一幢三层楼的房子，“第一层是物质的，第二层是精神的，第三层是灵魂的，世间大多数人住在第一层，一辈子忙于锦衣玉食，尊荣富贵；少数人如学者艺术家等，他们不肯做本能的奴隶，即专心学术文化，更有少数人对第二层楼还不满足，爬上三层楼去探求人生的究竟”。我回了一段：“丰子恺之妙喻。上第三层，太少，太难，太险。”

瞿秋白临终前留下《多余的话》，便释然了。他告诉他的同志们：“判断一切的，当然是你们，而不是我。”倘若毫无保留地解剖自己，“探求人生的究竟”，笔者以为这“太少，太难，太险”。即使在渐趋开放、多元的世风下，对瞿及其《多余的话》的判断也是多种多样的。同样在微博上看到各类留言。有慨叹的：“一介书生，卷入大潮，悲剧早已注定。”

也有不解的："一个人何以死得如此不明不白，真令人惊奇。"甚至有非议的："外勇而内怯者"，"死前用以麻醉自己"。当然，更多的是痛惜、赞许与钦敬——"如戟又如玉的文人秋白"，"看得人痛心"，"先生一生，有此篇即胜过他人多矣"！《多余的话》代序仅有短短的一句："'知我者，谓我心忧；不知我者，谓我何求。'何必说。"诗引自《诗经·国风》，随后还有一句："悠悠苍天！此何人哉！""众人皆醉我独醒"的大悲哀，诉诸世间也许是难获回应的，抑或质之于天？

而今，重读《多余的话》，那些话似乎仍萦绕心间。

"我留恋什么？我最亲爱的人，我曾经依傍着她度过了这十年的生命。""我还留恋什么？这美丽的世界的欣欣向荣，'我'的女儿，以及一切幸福的孩子们。"如常人般深深依恋自己的亲人，乃至所有孩子。于是，不由自主地："我替他们祝福。"

他确实有着太多太多的憧憬。"这世界对于我仍然是非常美丽的。一切新的、斗争的、勇敢的都在前进。那么好的花朵、果子，那么清秀的山和水，那么雄伟的工厂和烟囱，月亮的光似乎也比从前更光明了。"世界如斯美丽，于心底再一次地呼唤："但是，永别了，美丽的世界！"

从汀州试院和中山公园，到罗汉岭，瞿秋白走了40多分钟，他就这样走到了人生尽头。如今，遇害处建起了纪念碑和纪念馆。行程上有此一站。原先打算到那里看看，文友说不用了。那就不去吧！开始下一程。驱车经过时，我远远望去，久久无语……

杨际岚，中国作家协会会员，编审，自1978年起从事编辑工作，历任福建省作家协会副主席、《台港文学选刊》主编、福建省台港澳暨海外华文文学研究会会长等，现任中国世界华文文学学会监事长，《两岸视点》编辑总监、《海峡乡村》编辑顾问等。

专辑·回眸

“不沉之舟”万安桥（散文）

◎ 施晓宇

在闽南泉州，在洛阳江的入海口，有一座跨江接海、遐迩闻名的洛阳桥，原名万安桥。它的问世时间已有近千年了，是中国现存最早的跨海石桥，而且是长达 834 米、宽 7 米、拥有 46 个桥墩的跨海长桥——却至今牢固地如“不沉之舟”横亘海上，矗立不倒，任凭风高浪急，海浪汹涌，一个个桥墩岿然屹立，坚如磐石，叹为奇观。

泉州万安桥始建于北宋第四个皇帝、宋仁宗赵祯（原名赵受益）在位的皇祐五年（1053 年），由两任泉州太守的蔡襄主持兴建，万安桥历时 6 年 8 个月方才建成，耗银 1400 万两。蔡襄亲自撰写《万安渡石桥记》，并树镌刻 153 字全文的两块石碑，作为永久纪念：

> 泉州万安渡石桥，始造于皇祐五年四月庚寅，以嘉祐四年十二月辛未讫功。累址于渊，酾水为四十七道，梁空以行。其长三千六百尺，广丈有五尺，翼以扶栏，如其长之数而两之。靡金钱一千四百万，求诸施者。渡实支海，去舟而徒，易危而安，民莫不利。职其事：卢锡、王实、许忠、浮图义波、宗善等十有五人。既成，太守莆阳蔡襄为之合乐宴饮而落之。明年秋，蒙召返京，道由是出，因纪所作，勒于岸左。

蔡襄为人诚实低调，没有贪天功为己功，文中写明实际造桥的负责人是其舅父卢锡，有功者还有募集资金的王实、宗善和尚等 15 人。洛阳桥建成之日，登基 38 年的宋仁宗赵祯已经 50 岁了。四年后——嘉祐八年

(1063年),在位42年——两宋在位时间最长的皇帝赵祯驾崩于开封皇宫,享年54岁。别看赵祯在位时间最长,却因为所生三个儿子全部夭折而身后无子,所以早早将堂兄赵允让(共有22子)的第13个儿子、年仅三岁的赵宗实接入宫中,作为储君交给曹皇后抚养。直到去世前半年,最终盼来第四个儿子赵昕出生,三年后却又夭折。宋仁宗赵祯才心灰意冷死心塌地,不得不正式立已经30岁的赵宗实为太子,改名赵曙。

嘉祐八年(1063年)三月,建成于海上的万安桥已经造福百姓,供人通行四年了,宋仁宗赵祯病逝,当储君27年的赵曙终于接班,是为宋英宗。也许由于"备胎"时间过长,压抑时间太久,中间还有一次被废,送回父亲赵允让身边过了好些年的赵曙,在宋仁宗的葬礼上就发疯了,不肯当皇帝,大叫"朕好难过啊!我不能当啊"。

由此,宋英宗赵曙因疯治病一年多才临朝亲政。

明明讲的是人间奇迹泉州万安桥,怎么扯到北宋两个皇帝宋仁宗赵祯和宋英宗赵曙身上去了?因为泉州万安桥是在宋仁宗在位期间修建的,而万安桥建成四年,宋仁宗就驾崩了,改由宋英宗接班。可短命的宋英宗赵曙在位四年多也驾崩了,年仅35岁(长子赵顼继位,是为宋神宗)。只有全部用巨大的花岗岩石块砌成,桥身结构坚固,造型朴素美观,体现中国古代匠人高超桥梁工程技术的万安桥依然"健在",稳如泰山,坚如磐石,俨然"不沉之舟"。故有"天下第一桥"的美誉——清道光年间石刻"天下第一桥"横额曾经高悬桥头。

应该说,万安桥最令人佩服的造桥技术,突出地表现在46个船型桥墩的建造上——采用的是"筏型基础"和"种蛎固基"两种科学的造桥法。造桥界的"洋同行"和来自世界各地的观光客认为,万安桥的神奇工艺是中国乃至世界造桥技术的独特创举,万安桥近千年历经惊涛骇浪,岿然屹立,充分显示了中国古代劳动人民的聪明才智和非凡智慧。作为世界桥梁筏形基础的开端，万安桥现为全国重点文物保护单位。据《泉州府志》记载：

> 洛阳江，府东北二十里，纳境内诸山溪之水及惠安县西北之水，流经府东入于海，群山逶迤数百里，至江而尽……水阔五里，波涛滚滚。

由于洛阳江阔，早年泉州人往返只能依靠渡船摆渡，遇上台风大潮，常常连人带船翻入江中，所以泉州人为祈求平安，就把这个渡口称为“万安渡”，石桥建成也称之为“万安渡石桥”，简称“万安桥”。

因为建桥之处江海相连，海潮汹涌，江湍流急，建桥工程进展艰难，中间一段长期停工。匠人说：“用四两纱线，系石下坠，沉入江中，尚未能测其深浅。”为此，造桥技术人员采用了一种全新的建桥方法，就是在洛阳江底，随桥的中线抛石十几万立方，在江底垒成一条长 500 米、宽 25 米、高 3 米的江底大堤作为桥基。然后在石堤上用条石横直垒砌船型桥墩，成为现代桥梁工程中“筏形基础”的先驱。这种先进的造桥技术，一直到 800 年后的 19 世纪，欧洲人才引进采用。

具体地说，今天屹立江海之交的万安桥，建桥之初，技术人员指导石匠先在江底沿着桥梁的中线，用船载来石料——趁海水退潮时机，抛下大量大石块，形成一条横跨江底的矮石堤，以此作为桥墩的基础。然后再用一排横、一排竖的条石砌筑桥墩——桥墩双头尖突，中间大肚，恰如船形。船型的尖头桥墩可以劈开江流海潮，经受住上游江流和下游海潮的交相冲击。而在桥墩最上排的交接处，还刻有凹形的榫，上置生铁弯钉以联结排石，加倍牢靠——我们至今肉眼可见能工巧匠敲击钉入大石中的生铁弯钉，煞是坚固。工匠们还将桥墩两端中部稍稍向外弯曲，把最上面的两层条石等距向左右挑出，使墩面加宽，借以减少桥面石梁板的跨度。这种筏型石基的开创，是世界建桥史上的重大突破。至于一个个长条而厚重的石梁——桥面，也是利用海水退潮时机，用船载至两个桥墩中间，待海水涨潮，船身上浮，正好把长条而厚重的石梁架上桥墩——834 米长的桥面就是这么累加叠起而成。

难怪中国著名桥梁专家茅以升教授对万安桥的这种先进的建造工艺夸赞有加，称万安桥是“福建桥梁的状元”。他在《桥梁谈往》一文，就洛阳桥即万安桥建造的两种先进工艺写道：

> 这种基础，就是近代桥梁的“筏型基础”，但在国外只有不到一百年的历史。所用桥梁的“浮运法”，就是今日还很通行。

其实，万安桥的“种蛎固基”也是值得大书特书的一种科学的造桥方法。这是我们的先人利用生物学原理加固桥墩的一种值得提倡的让人脑洞大开的奇特方法。

我们知道，尤其当今年轻人爱吃的一种长有贝壳的软体动物，学名叫牡蛎，人们习惯称之为海蛎。譬如闽南人酷爱一种美味佳肴就叫作“海蛎煎”，也叫作“蚝仔煎”。就是用海蛎加鸡蛋打散搅匀，加大蒜——特别要多放蒜叶，下油锅烹煎而成。吃完鲜香可口的“海蛎煎”，我们知道，海蛎——牡蛎有两个壳，一个壳依附在岩礁上，或者黏合在另一个牡蛎上，互相交结在一起。另一个壳则覆盖在自己的肉身软体上，起保护作用。生长迅速的牡蛎繁殖能力很强，而且渗出的黏质无孔不入，一旦跟礁石胶成一片后，无比牢固，讨海的渔民抑或渔妇用铁铲用力铲也铲不下来。必须讲究技巧，用铁铲寻找牡蛎与礁石黏合的缝隙，乘虚而入，才能撬下牡蛎来。建造万安桥的工匠们，就是利用了牡蛎的这个会渗出的黏质无孔不入的特性，在桥基和桥墩上种下牡蛎。这样石桥桥墩的一块块基石就会胶合在一起，使石桥桥墩变得更加牢固。

这是万安桥（洛阳桥）建桥近千年以来，虽然先后修复 17 次，却岿然屹立的原因。其中大修就有：

> 宋绍兴八年（1138 年），飓风、桥坏。郡守赵思诚修复；明宣德间（1426—1435 年）桥址下沉，潮至，桥梁俱没。知府冯桢命郡人李俊育（即李五）增桥面，增高三尺；万历三十二年（1604 年），

地大震，桥梁倒塌，基址低陷，知府姜志礼修复……1993年3月—1996年10月，国家拨出600多万元专款，实施洛阳桥保护修复工程。所谓修复，主要是修复桥面、桥栏，桥墩基本保持良好。为进一步保护万安古桥，泉州市政府还在上游百米处，另建公路桥及水闸，借以保护万安桥。如今，虽已不见历史上的万安桥："两侧有500个石雕扶栏，28尊石狮，兼有七亭九塔点缀其间，武士造像分立两端，桥的南北两侧种植松树700棵。"但是，历经千年风吹雨打、浪涌流急的冲刷，万安桥的桥面与桥墩依然屹立不倒，正常通行，不能不说实乃人间奇迹。

愿堪称全国第一的海湾大石桥——昔日万安桥，今日洛阳桥，永远如"不沉之舟"，屹立在泉州洛阳江畔，东海之滨，坚如磐石！

2020年10月18日—10月20日

施晓宇，中国作家协会会员，福建省阅读学会副会长，曾任《福建文学》常务副主编兼《散文天地》主编，福州大学人文学院教授，一级文学创作，出版有小说集《四鸡图》、散文集《洞开心门》等九部、杂文集《坊间人语》及优秀教材《大学文学写作》等。

木兰流芳（散文）

◎黎　晗

一

他的腰不好，是长年伏案留下的病根。每回去做针灸，他总要诱导自己把脑袋放空放空再放空，让注意力快速离开自己的身体。那一次，思绪飘忽之际，唐代异僧妙应禅师的那首谶诗跳了出来，“白湖腰欲断，莆阳朱紫半。水绕壶公山，此时大好看”。可是，此腰非彼腰啊，他喘了一口气，白湖的腰断了是大好事，他的腰断了，却只能趴在这里，提心吊胆地数着到底有多少根银针在背部腰部突突突地跳动。

妙应禅师太神奇了，上面那20字谶语，预言的是他身后200多年木兰陂的修建和由此带来的莆阳经济和文化的全面振兴。北宋吏部尚书林大鼐写的《李长者传》里说，“及陂成，溪循壶山之麓而行，‘水绕’之言应矣。熙宁九年，徐尚书铎廷试第一；元丰间，有登科甲，至宰辅，而乡里禁从肩摩于朝，‘好看’之言又应矣。盖木兰溪水流入白湖，为水破长生；及循山南转，是为秀水循武曲，来揖郡治，此地理一胜也”。白湖是白塘湖吗？他记得《兴化府志》里有载，白塘湖“初为海荡，及后堤塍继作，遂以成塘”。“为水破长生”一句，似是对“白湖腰欲断”的解析，他琢磨了好久，不解其意。后来他猜想，那是说木兰陂修成之后，北流的木兰溪水源源不断灌注入了白湖，冲开原来分隔水塘的堤塍：堤坝和田埂构成的“腰”断了是好事，白湖的水从此获得长生变成活水。待他读到康熙年间工部尚书杜臻撰写的《粤闽巡视纪略》，不由感到了汗颜，原来白湖不是白塘湖：“白湖一名玉湖，土人用谶言作桥，以断水。郑叔侨诗云：‘结驷直过黄石市，连艘横断白湖腰。’谓此也。”原来如此，他明白了，“连艘横断白湖腰”指的是用船连接起来作桥，把木兰溪水隔断了。这是说木兰溪上的第一座桥熙宁桥了，熙宁桥俗称阔口桥，其前身即宋熙宁年间创立的浮桥。

好险，还好没对外瞎嚷嚷，果真地方文史处处都是坑啊，他暗自摇了摇头。实际上，当他一个人在家里翻检古书的时候，积攒下来的困惑，比那些旧书上的灰尘还要多。很早的时候，他就发现，木兰溪怎么看也不像溪，南宋饱学之士郑樵说木兰溪，“集三百六十涧总而为一，故有无穷之流”，后世的人有了科学仪器，已经探明木兰溪光是干流，全长就有105公里。其流域面积广阔，有1700多平方公里之巨，占到整个莆田市总面积的近一半。莆田孩子读地方校本教材，上面说，“木兰溪是莆田母亲河，为福建主要水系之一”。福建省主要水系有“五江一溪”，其中闽江、九龙江、晋江、汀江、赛江，都叫“江”，只有木兰溪叫“溪”。是挺奇怪的，明明是一条很有气势的江流，祖先却要把她叫成“溪”。木兰称溪，境内别的河流自然都不敢充大，萩芦溪、延寿溪、仙水溪、莒溪、渔沧溪、蒜溪……有人说，在莆田，无论是山区平原，还是大海之滨，只要是流动的淡水水流，你找不到一处不叫“溪”的。

真的是这样吗？那涵江的塘头河呢，宫口河呢？

那哪是溪流呢？那是沟渠。

好吧。可是，木兰溪、萩芦溪、延寿溪，明明是江河，为什么要叫溪呢？这说明咱老祖宗谦逊低调啊，人家这样解读。好吧，他接话道，既然都这样想了，不如想得更豪迈些：先人在晋之后由中原陆续南迁，其文化血脉与北方故国紧紧相连，在他们旷达宏放的眼里，恐怕只有雄浑辽阔的黄河和长江，才有资格被叫作江河，其他的任何水流，无论多长多宽，顶多也就是迁居地家门口的一汪细流。

二

木兰溪是莆田的母亲河，她的流动翻滚关乎此地民生，所以郑樵说“此邦民贫，不任竭作”。木兰陂建成之前的木兰溪，几乎就是个败家子，阔的时候花钱如流水，没落的时候连自己的口水都喝不上。为了驯服这个浪子，此地先人没少折腾，“钱女吐愤”，“林叟衔冤”，11世纪中叶的钱四娘和林从世，他们难酬的壮志是要在这条溪上修一个陂。所谓陂，就是引、蓄、灌、排功能兼备的水坝，他们要教木兰溪这个浪子学会理财，别涝的时候涝死，旱的时候旱死。难能可贵的是，钱四娘和林从世都是异乡长乐郡人士。古人憨直，也不知道是什么力量让他们大老远跑来的。可叹钱女和林叟累个半死，最后都失败了。没过几年，又一位外乡人，侯官人李长者李宏来了。李宏不仅获得奇僧冯智日的帮助，还带动莆田十四大户一起出资，精英联手，协力注措，上障百川，下遏飞潮，千古伟陂终于建成。再过了几十年，史书上有载，绍兴二十八年（1158年），莆田县丞冯文肃主持重修木兰陂，工程竣工时，莆阳名儒郑樵提笔写下了一篇雄文《重修木兰陂记》。

等等，不是说木兰陂是蔡京首倡修筑的吗？为什么林大鼐、刘克庄、郑樵和周瑛、黄仲昭那些大儒的诗文里都只字不提？“宏应诏募而至”（林大鼐《李长者传》），“熙宁初，诏募能兴陂者”（刘克庄《协应庙记》），“熙宁初，有李长者宏，有此志矣”（郑樵《重修木兰陂记》），“熙宁八年，天子忧民，乃降诏募能修陂者”（周瑛、黄仲昭《兴化府志·水利志·木兰陂》），这些重要文献里记载的木兰陂修建过程，动因皆在“天子忧民”；方式皆为“诏募”；主角是侯官的年轻富翁李宏；配角是南洋十四大户，“施赀舍田，十四大户。三余七朱，陈林吴顾”（徐铎《木兰谣》）；成效是“斡东流，使南行三十余里……溉田数万顷……南洋斥卤，化为上腴”（《协应庙记》），“陂沟既成，斗闸亦固。罟者之渔，舟者之渡。朝廷之帑，军民之哺。且启文明，累累圭组。俗成康衢，风成邹鲁”（《木兰谣》）；回报是“官司酬奖，李公得小龟屿北、大龟屿东沿海白地，后人填海而耕，皆仰余波”（《李长者传》），“其成也，官以大小孤白地酬奖。后人塍为田者，率倍收其利也。裔孙或家于莆，岁食陂田于侯官之宗，智仁两尽矣”（《协应庙记》）。

“大小孤”即“大小龟”，谐音同义，大孤屿在今黄石镇金山村，小孤屿在今黄石镇邹曾徐村。原来李宏不是纯粹在做慈善事业，刘克庄甚至说李氏修陂是“智仁两尽”。与之联合投资的十四大户得到的回报更为丰厚：“以原筑陂田四百九十亩七分赐十四臣，免其粮差。”（宋神宗《赐木兰陂不科圭田敕》）十四大户之所得明显高于李宏，毕竟李宏才出资 7 万缗，而大户们出的是 70 万余缗，此外他们还舍田开渠，牺牲了不少原有利益。

真的是这样吗，1000 年前的木兰陂工程类乎今世之“众筹”“风投”项目？“木兰春涨与江通，日日江潮送晚风。此水还应接鄞水，为谁流下海门东”，南宋名相龚茂良曾作《题木兰陂》诗，清晰挑明个中所由。“此水还应接鄞水”，用典在王安石于鄞郡（今宁波）初试新法人民称便。王氏力推“熙宁变法”，其政策魅力即在“因天下之力以生天下之财，取天下之财以供天下之费”（《宋史·王安石传》）。

可是，总要有人跟朝廷打报告申请下诏啊，否则神宗皇帝和王安石宰相焉知木兰溪“溪涨左冲，海咸右啮，农不偿种，吏安取科”之惨状？也许，那份报告真的就是蔡京或蔡卞写的？方天若《木兰水利记》有载：“时蔡公兄弟京、卞，感涅槃之灵谶，念梓里之横流，屡请于朝，乃下诏募筑陂者……是举也，李君之力居多，十四家次之，其余助力钱者亦不可泯，今具揭于匾。而蔡公奏请之功，又非诸君之领袖乎？”

李宏率十四大户修木兰陂，始于熙宁八年（1075 年），成于元丰五年（1082 年，一说元丰六年），莆阳邑人方天若撰《木兰水利记》在陂成之日，后世根据这个时间节点推断，方氏所言应非杜撰。何况蔡卞乃王安石之婿，背后或有王相指点之功。然而方天若之后，林大鼐、刘克庄、郑樵和周瑛、黄仲昭等，言陂叙史，为何皆不提蔡京兄弟？也许南宋理学大家、邑人林光朝的《木兰即事》一诗可以对此答疑：“可怜误国翻自误，身窜家流名垂锢。顿使行人口里碑，尽付当年诸大户。”

是这样的吗？他逢人便问，真的是因为奸臣身份，蔡京蔡卞的功绩被后世抹去了？然而李宏修木兰陂是熙宁八年（1075 年）动工的，蔡京和胞弟蔡卞熙宁三年（1070 年）才中进士，之后，蔡京为钱塘县尉、舒州推官，蔡卞为江阴主簿，一直到李宏携金来莆，木兰陂工地上人声鼎沸，蔡氏兄弟都尚未得到重用。在王安石和蔡京的年代，一个基层的小吏真的可以给皇帝上书请求救助桑梓百姓？皇帝真的会重视他们的意见而下诏议事？如果蔡京或蔡卞真的写过那些奏疏，其中一份真的发挥了关键作用，那之前，治平初年的钱四娘和林从世，他们又是因何缘故跑到异乡来豪掷千金行惊人之善举呢？因为太较真，有一阵子，他翻阅了大量史料，认为自己已经发现了其中的奥秘：也许钱四娘和林从世本身并不是富豪，他们只是长乐郡某一财团的执行代表，他们来到清波滚滚的木兰溪畔，是受到范仲淹推动的“庆历新政”的激励，作为一种变革的尝试，“庆历新政”的政策号召力其实已经接近“熙宁变法”……

然而，抚卷漫想，他却渐渐感到了厌倦，快 1000 年过去了，现在来争谁的功劳更大，有意思吗？都有功劳，是国家变革政策之下集体协力的结果，这样说行不行？他有些懊恼地合上了一册又一册厚厚的旧籍。直到有一天，读到明代常州知府余文的《重修木兰陂记》，他笑了，呵，原来他那样说，还真的不是负气，600 年前的余知府也是这么认为的：“水利之兴也，自治平也。迨神宗采王安石之言，诏诸路劝修陂塘，又准蔡京之奏，诏莆阳协兴水利，时则侯官李宏倡之，吾家十四祖助之，陂之创也，自熙宁始也。”余文是进士，祖辈为当年十四大户之一，这般身份士子说的话，听起来似乎公允。当然，也可以说是无伤大雅地和了一次稀泥。

三

“伊昔甚伟，于今芬芬。源清流长，千载融融。君子之泽，不可终穷。”读郑樵著《重修木兰陂记》，他总是浮想联翩。夹漈先生这么说，也许还有一份隐藏的私人感情，他跟喜欢听他唠嗑的朋友这样说。这件事说起来有些绕，据传南朝梁陈间，有个叫郑露的大儒与其弟庄、淑自永泰徙居莆田南山，面湖而建“南山书堂”，由此“开莆来学”，世称他们兄弟为“南湖三先生”。邑人咸谓：“莆之衣冠文物，实自郑氏兄弟开先之也。”又谓：“莆邑之称为‘文献名邦’，实肇于陈代之郑露。”

后，郑露奉召赴任离开莆田。临行前，莆人扶老携幼到溪边十里长亭欢送。为了表达对南湖大先生的敬意，送别的人们采摘木兰花，将花朵撒向溪里。一时间溪面上水波微漾，花团锦簇，郑露的船慢慢离岸，向下游飘去，那些美丽的木兰花朵一路流芳，相伴而逝。

郑露开莆田儒学之先，莆人很快就掌握了儒家的礼仪之道，而且发挥得更具诗情。据说郑露钟情木兰花，南山书堂周围曾经遍植，书香与花香四溢，成为当时一大雅事。木兰花别名辛夷、紫玉兰、木笔，早春绽放时，紫红花朵满树，幽姿淑态，别具风情。

从木兰开花的季节推算，莆田乡亲送别南湖大先生，应该是在早春。早春，有些微寒，然而并不凄清，空气中已经有了些暖意。这样的时节送别客人，似乎要比古代常见的那些离别温馨多了。人们把满手满掌紫红色的木兰花朵撒向水面，显然也表达了对大先生似锦前程的祝福。此情此景堪比李白的“桃花潭水”，甚至较之更具人间温情。

此后，莆人为了纪念南湖大先生，就把这条河流命名为木兰溪。

600年后，木兰陂重修竣工，欣然为这一盛事撰稿的郑樵，正是当年南湖三先生的嫡传后裔。

有关木兰溪名字的由来，后人无法从史书中查出依据。他也找不到，但是他相信夹漈先生一定知道，那是写了《通志》的稀世大儒，煌煌两百卷的《通志》，乃“集天下书为一书”的天下奇书。

你看夹漈先生赞美木兰陂的用词：“伊昔甚伟，于今芬芬。”“芬芬”，说的不正是花香吗?

四

郑樵《重修木兰陂记》堪称莆田文学的扛鼎之作，他曾反复吟咏，感佩不已。在南宋那样柔肤弱体的氛围里，小小莆田能出如此豪迈雄奇的辞章，实在让人惊叹。时代虽然荏弱难持，但木兰陂“甚伟”，木兰溪“芬芬”，与其说是郑樵赋予了木兰溪人文的光辉，不如说是木兰溪激发了郑樵澎湃的文学豪情。

木兰溪真是一条神奇的河流，400年后，又一位莆田大儒的文学热情被她点燃，写下了另一篇雄奇美文。陈经邦的《宁海桥志》首句是，“跨溪海之吭喉，柬潮汐之吞吐”，单从这两个句子，便可体会到全文的气势。陈经邦亦为莆田大儒，明嘉靖四十四年（1565年）进士，累官至礼部尚书兼学士，明神宗为太子时，选任东宫讲读官。

陈经邦为宁海桥写志，和郑樵为木兰陂撰文应该是基于同样的情怀。其实，同样是木兰溪上的水利工程，宁海桥修得比木兰陂和熙宁桥还要艰苦。史载，自元代元统二年（1334年）至清康熙十九年（1680年）的300多年间，宁海桥六建六圮。现存的桥，是从清雍正十年（1732年）开始，耗费 15 年时间重修的。

宁海桥为石梁式，桥面用 75 块长 13 米、厚 1.2 米的巨石铺设而成；全长 225 米，面宽 5.8 米；两墩之间的净跨径在 8.8 米至 11.8 米之间，比福建著名的五里桥和洛阳桥的跨径还大。过去莆人训示小孩“吃茄要摘蒂，走桥要念志”，为的是不忘前人缔造之功。与宁海桥有直接联系的莆田俗语有“脸皮比桥兜桥的石板还厚”，宁海桥南岸村庄叫桥兜，宁海桥又俗称桥兜桥，说一个人的脸皮“比桥兜桥的石板还厚”，这也实在夸张。还有一句俗语是“桥兜桥下的水，流入无声音，流出哗哗响”，此语形容某类人喜欢占便宜。这个比喻生动，为了验证其准确性，他曾专程到宁海桥上去听流水，海水涨过桥下时，还真的是一点声音都没有。有一次在桥头伫立，他忽然心头一动，身边有谁是“流入无声音，流出哗哗响”的？他想了好久，最后有了一个非常愉快的结论：他的朋友里没有一个这么小气的。以前或许有，但现在不是他的朋友了。

有关宁海桥，还有一个传说非常好玩。元统二年（1334 年）某日，莆田龟山寺僧越浦禅师到宁海渡，欲乘船去南洋平原化缘。因目睹渡口船翻人亡之惨景，越浦禅师恻隐之心顿生，遂双掌合一，口出阿弥陀佛之言，发愿募捐建桥。

修建跨海大桥，非一日之功可成，毕竟那时已非庆历、熙宁之年，就连供奉李宏、钱四娘、林从世的协应庙，都迁建重修了两次。为了做好准备工作，越浦禅师一边募捐，一边在宁海渡北岸创建吉祥寺为龟山寺下院，作为修建跨海大桥的落脚点。工程艰巨，花钱多，时间长，人心慢慢崩塌：寺僧外出募捐，渐渐泄气，有人甚至一去不回；造桥工场上，千辛万苦筹来的建筑材料，也时不时地被附近百姓偷走。见此不给力的情景，越浦禅师很是生气，便以手指作笔，用海水作墨，在吉祥寺的石柱上写下了一对对联：“施我物必昌，偷我物必殃；入吾门不贫，出吾门不富！”据说越浦的字笔画清晰，犹如凿刻在石柱上一般，民众和僧人见了颇为震惊。从此，再也没人敢偷吉祥寺的材料，小和尚们也不敢逃离修桥工地了。

那副对联是有些刻毒，听起来不像一个和尚的口吻。但他喜欢这个传说，喜欢越浦禅师生气的样子。即便是有修为的僧人，急了也会骂人的。

宁海桥北岸的吉祥寺还在，有意思的是，越浦禅师当年用手蘸海水写下的对联也还在。这是他在莆田四处游历见到的为数不多的传说中的奇迹，那时他的腰疾尚未全面爆发，他喜欢徒步，喜欢漫游，喜欢所谓的实地考证。

那副对联只剩下了一边，另一边据说是因为“文革”时候民众在吉祥寺大炼钢铁，烟熏火燎，字迹被烧没了。留下的半副对联很是神奇，站近了，目审手扪，就是一根光溜溜的石头柱子，慢慢退后，字迹便渐渐浮现了出来。

他曾经带闺女一起去看那半副对联。孩子觉得太神奇了，当时她已是高中学生，脑袋里装满了“科学”，她用刚刚掌握的物理、化学、生物知识解读了老半天，愣是没解出半点奥妙来。他觉得好玩，随口说了一句，很多时候，我们离一个东西太近，是发现不了它的神奇的。

孩子听了，扑闪着眼睛，似有所悟，粲然而笑。

他再去看那有些焦黑的另一边石柱。正是日暮时分，夕阳正好照在那上面，光影交错间，似乎又有字迹闪现。再定睛看时，却又消失了。这时候，他听到了潺潺的流水声。他知道，那是木兰溪的江水在缓缓流过宁海桥下，正源源不断汇入不远处名为“兴化”的海湾。

黎晗，中国作家协会会员，福建省作家协会副主席，于多种期刊发表小说、散文作品近百万字，入选数十种选本选集，结集有小说集《朱红与深蓝》、散文集《流水围庄》等，曾获十月文学奖、福建省政府百花文艺奖、福建省优秀文学作品奖等多种奖项。

于今为仰先贤迹（散文）

◎ 黄河清

霍童山巍峨耸立在宁德的霍童古镇，山脉连绵，千峰凝翠，高崖凌空，洞壑幽深，风光旖旎。唐代杜光庭《洞天福地记》称其为“霍林洞天”，列为道家三十六洞天之首。山脚下的霍童溪涓涓流淌、蜿蜒而下，两岸冲积平原稻浪翻滚，瓜果飘香，炊烟袅袅，生机勃勃，这一切，要归功于遥远的看不出面影的黄鞠。

黄鞠（569—657），河南光州固始县人。公元604年，隋炀帝杨广登基。隋炀帝与黄鞠同年生，这一年，两人都已35岁。隋炀帝登基后开创科举制度，修隋朝大运河，营建东都迁都洛阳，改州为郡，改度量衡为古式，开创大隋盛世。然而由于常年穷兵黩武，滥用民力，致民变频起，又残害忠良，骄奢淫逸，造成天下大乱。黄鞠此时也官至谏议大夫，正血气方刚，于是上疏谏表，隋炀帝龙颜不悦。黄鞠父亲黄隆此时任内阁大学士，复进宫面谏时被拘禁于天牢之中。黄隆见国家大势已去，于是对探监的黄鞠说：“帝非明君……尔等兄弟应遣散他乡，以免无穷后患。”并遗诗八句，以供子孙相传认祖：“骏马堂堂出外疆，任从随地立纲常。身居异境犹吾境，志在他乡即故乡。早晚莫忘亲嘱语，晨昏须荐祖蒸尝。愿言托庇苍天福，三七男儿大吉昌。”不久的重阳节之夜，黄隆屈死狱中，他的21个儿子则纷纷逃往各地避难。

黄鞠在21个兄弟中排行第十。这一年，已44岁的黄鞠遵照父命，携家眷一路跋涉南下来到宁德，先是客居于宁德蕉城区的七都埔源，后闻说姑丈朱福已在霍童定居十余年，于是黄鞠沿霍童溪逆流而上，寻亲来到霍童的石桥。朱福是河南宝丰人，娶黄隆之妹黄小丹。隋文帝开皇二年（582年）入朝，累升至吏部天官，因与朝制流弊不合，恐祸及身，于45岁（603年），弃官隐居于霍童山之下，躬耕训读。亲戚在异乡相见，倍感亲切，痛叙离别情怀，逃难跋涉的艰辛。认亲之后，黄鞠暂寓朱宅，其间，他留意察看霍水童山，喜爱霍地广袤，霍水如带，是理想中的桃源之境，于是在自己十月十四日生辰之时，特设筵宴请朱福，席间谈及流离颠沛之苦，父黄隆之嘱，至现在尚居无定所，同时，谈及察看霍童四周地势，拟修通水利，开发霍童的雄才大略。

朱福被黄鞠所论深深吸引和感动，当即同意让出石桥，惠其定居，以便让黄鞠施展为民造福的伟大抱负。在朱福举族迁至霍童溪上游咸源（今周宁咸村洋中）之日，黄鞠设宴为朱福饯行，席间，黄鞠为感谢朱福让地之情，定下每年二月初一，朱福诞辰之期必迎朱福回石桥，石桥张灯结彩，唱戏三天，一为朱福祝寿，二者感念让地之情。此情延续了千年，形成了霍童独特的二月初一迎灯赛会的习俗。

修建大运河，隋朝必定诞生出一大批能工巧匠，必定培养出一大批懂规划、善管理的水利工程项目专家和官员。黄鞠就是此类的专家与官员，当他对隋朝的政治彻底绝望后，就把一生的聪慧与才干都倾注到对霍童溪流域的规划与开发上。此时的霍地虽然广袤，但由于山峦阻挡，水位高差所限，霍童溪近在咫尺，却无法利用灌溉。于是黄鞠翻山越岭观地势、察风水，认定狮子峰下的霍童溪支流大石溪可以利用。于是，他带领村民在大石溪上筑坝拦水，挖了近三里的渠道，至村后地名叫“龙腰”的山脉时，全是坚硬的花岗岩，只有穿过龙腰，才能将水引到石桥来。这时有人说：“龙腰就是龙脉，斩断龙腰就要斩断官贵。”然而黄鞠却掷地有声地说：“不要世代官贵，只求万家香火。”于是叮叮当当的开凿声又在山野响起。

然而要凿通坚硬的花岗岩谈何容易，民间传说，因为龙身过脉，第一天凿开的山石，隔了一夜，第二天又生长合拢起来，虽是传说，但从一个侧面反映了当时工程之艰巨。那时没有测量仪器，采取土办法，挖上一段放上一个小石佛作为标高，据说，整整放了37个小石佛。

经过几个春秋的努力，在龙腰凿开了近百米长的引水渠道，就是志书上所说的“渡泉渠”。黄鞠把水引到龙腰后，对水头、水力又做了科学的安排，采用五级跌水，建了五个水碓楼，用水力搞起了舂米、磨麦、榨油等农副产品的加工，这在生产力低下的千余年前，是个了不起的创举。1956年，县水利电力部门还利用龙腰水渠五级水碓之落差，建起了闽东地区第一座小水电站，解决了霍童的用电问题。黄鞠还在石桥村建了日、月、星三个湖，蓄水防旱、防火，将灌溉用水引进村里，从每家每户门前经过，既方便农家的洗刷，又使水中增加肥料。水到村内分为九曲，每曲镇一个石蛤蟆，其意用于挡住急流，提高水位，这些安排足见黄鞠用水之巧。渡泉渠的涓涓流水灌溉了霍童溪右岸的7000多亩田园，村民种上了黄鞠从中原带来的油菜、小麦、大豆等农作物，石桥村呈现出欣欣向荣的景象。

渡泉渠工程完工后不久，黄鞠又把目光投向霍童溪左岸的松岸洋。这里的面积更大，由于缺水灌溉，还没有被开发利用，这片广袤之地才是霍童富庶的粮仓，于是黄鞠又开始了一项更加浩大的水利工程。

开发左岸需从霍童溪楮坪湖引水，最艰巨的便是要在仙人峰下凿出隧洞，那是没有火药，没有爆破技术，更没有什么先进设备，靠着原始的生产工具，要在花岗岩中开凿隧洞，其难度是可想而知。但黄鞠不畏艰难，带领乡民采用了火烧水激凿石方法，当无数的柴枝堆积在花岗岩上，燃烧起数天数夜的熊熊烈火后，从远处运来冰冷的河水，选好角度顺着炙热的岩石骤然浇下，一股青烟腾起，数身巨响回荡，仙人峰下，顽石开花，挖掘、清理、整修，一年又一年，一日又一日，清澈的霍童溪水终于绕过楮坪湖，顺着耗了十年之功凿通的宽 1 米，高 2.5 米，长达几百米的隧洞，流进了松岸洋。从此荒坡山野变成了良田沃土，成为一方富庶之地。福建现存最早最完整的郡书——南宋的《三山志》记载“仙湖、楮平湖、塘腹湖，会小溪水。隋，谏议黄公创，溉田千余顷。淳熙二年，有请佃者。官以其妨民，不给，仍捜获。储知县诗云：咫尺仙湖号堵坪，先贤曾此劝农耕。若教一日归豪右，敢向黄公庙下行”。

可见，当年的县令储淳叙曾经出面干预占渠为田一事，明令禁止在湖的高处耕种，以免妨碍水利。这位储知县对先贤的功业感佩有加，在其所著的《晓喻》中也记文：“仙湖，又名杜湖，在十二都松岸洋，隋谏议大夫黄鞠所凿，长里许，广百有余丈，引大溪水溉田千余顷。湖，源远流长，岁旱不竭，附近之田，尽成沃壤。”

1400 多年前，福建还属蛮夷之地，不能说“刀耕火种”，但可以肯定地说，农业生产非常落后，大概只能种些杂粮之类。黄鞠把中原先进的农业技术带到了霍童，他最善于套种，引进优良品种如油菜、麦、豆作为旱地作物，进行间作套种，提高了土地利用率，增加了效益。水利的开发和水稻的引进，霍童溪两岸成了万亩良田，同时也成就了石桥十二景：大林利薮、石笼宝藏、凤凰展翅、狮子回头、眠牛踞地、啸虎朝天、龙腰渡水、金牌镇洋、乘凉石屋、炼丹洞岩、蝙蝠洞、仙人戴，真正成为一处花雕玉琢的世外桃源。黄鞠不仅带来了先进生产技艺，还将中原的文化、礼仪、习俗等传到霍童，婚、丧、喜、庆及春节习俗，和河南固始相同，甚至方言也部分相通。

时间横亘在一泓清澈的溪水里，溪畔翠林逶迤，洲青河白，悠悠的石桥古村被糅合进荡漾的碧波，泛出静穆的光泽，如风吹罗带。村尾的入口处，“黄鞠故里”的石牌坊静然矗立，穿过牌坊，便是建于明代飞檐翘角的益后亭，当年又称哭亭，农历九月九重阳节这天，正是黄鞠的父亲黄隆在狱中遇难的日子，过去村中老人们会在重阳节这天聚在这里哭奠。直至今日，石桥人为了避讳，依然要推迟到农历九月十二日才过重阳节。过益后亭，便是古色古香的黄鞠故居，故居于唐开元十二年（724年）扩建为鞠公祠，也称龙首堂，堂门上有明进士陈帮授题写的“谏议大夫黄公之祠”，及一面写着“明德馨香”的匾额。祠堂正中端坐着黄鞠全身塑像，左右两侧立有陈、梁两位太尉的塑像，据说当年唐皇朝获悉黄鞠避居霍童，大兴水利，造福于民，遂派陈、梁两位太尉奉旨来到石桥，请黄鞠到户部任职，黄鞠婉言谢绝。在黄鞠精神的感召下，两位太尉毅然留居石桥，佐黄鞠描山绣水。

堂前有一株千年古樟树，亭亭如盖，虽历尽沧桑，依然屹立挺拔，罩着四季轮回，诉说着千年来黄鞠后裔的繁衍与变迁。侧旁红墙碧丽、雕梁画栋的仿古建筑就是“姑婆宫”，是为纪念黄鞠的两个女儿丹鸾和碧凤修建的，她俩早出晚归地奔波，为了水利工程过了芳龄误了佳期，最后终身未嫁，青丝变白发，姑娘成姑婆。《支提志》将黄鞠和女儿丹鸾、碧凤列入仙目，后世的景仰只能以累世不绝的香火祭祀来表达。

走在村中幽静弯曲的小巷里，仿佛置身于隋唐的时空，古老而又充满生机的气息从黛青的瓦楞、斑驳的墙体、窄小的柴扉、凹陷的门槛、光滑的卵石中袭来。小巷旁的水渠中，当年黄鞠“斩龙腰”引进的大石溪水依然穿行于房前屋后，时而靠左，时而靠右，形成九曲，兼顾着两旁人家的用水。村民在清澈的溪水里洗菜、淘米，浣衣涤物，汇成一曲悦耳的交响在黄墙黛瓦间回荡。

黄鞠，这位忠言直谏，忧国忧民，弃官入闽，大兴水利，开发霍地，造福四方的先人，至今为人们所惊叹和颂扬。2015年中央电视台《记住乡愁》栏目拍摄了以“滴水穿石，坚韧不拔”为主题的纪录片，传播了黄鞠千年水利文化，引起了巨大的反响。2016年6月，中国水利博物馆专家对黄鞠水利龙腰渠、琵琶洞遗址、石桥村水系等进行实地考察，查阅了历史及家谱等资料，一致认为黄鞠水利遗址及石桥村水系保存尚好，工程系统中堰坝、渠系、陂池布局合理，是迄今发现的系统最完备、技术水平最高的隋代灌溉工程遗址，填补了我国隋代水利空白。从整体规划上来看，水利工程对水力、民生、灌溉的三阶梯级利用当属工程本身的最大亮点，对水资源、水生态的合理利用，充分体现了对人水和谐的坚守。当年11月，该馆完成“水利千秋”馆布展，黄鞠水利工程简介、遗址图文、实物形式代表中国隋代水利，在该馆“隋、唐、宋”展柜做永久性展览。2017年5月，中国国家灌排委员会组织水利、考古、地质等方面顶级专家组成专家组，来黄鞠水利工程进行勘察、考核，并申报世界灌溉工程遗产。2017年10月，在墨西哥召开的第23届国际灌排大会暨国际灌排委员会68届国际执行理事会上，“黄鞠灌溉工程”入选“世界灌溉工程遗产”名录。2019年10月，黄鞠“霍童灌溉工程”被评为第八批全国重点文物保护单位。

黄鞠水利灌溉工程，是人、地、水三者高度协合统一的伟大生态工程，是隋代世界灌溉工程的最佳作品，被称为“中国水利隧道第一人”。我看过许多的水利工程，那里的水要比黄鞠水利工程多得多，即使是这样，当我站在龙腰水渠、琵琶洞前仍能强烈地领受到水的魅力，股股清流，朵朵浪花都精神焕发，踊跃着喧嚣的生命。

遥望石桥彭童山上黄鞠墓亭，仿佛看到一位神情矍然、目光深远的老人正矗立着，那不就是黄鞠吗？他把自己的血肉之躯连同他的精神根植于霍童水利灌溉工程，将其血液化作渠中的缕缕清流遍浸了霍童大地，引领闽东乃至福建的农业开发历史。作为黄鞠的后人，我为自己的先人感到莫大的自豪，不由得想起了杨慎的名句：“滚滚长江东逝水，浪花淘尽英雄，是非成败转头空，青山依旧在，几度夕阳红。”此刻的景致，与这千古的名篇何其相似。任你金戈铁马的英雄，末了也只能变成寻常百姓闲暇时的谈资，而他们丰功伟绩的象征，终究也将化为尘土，唯有真正造福民众，顺应民心的人，才能成为人民心中永远歌颂的神祇。时至今日，不论朝代如何更迭，黄鞠都始终被尊为霍地的“开山黄公”，成为十里八乡膜拜的土主神灵，成为百姓精神的信仰。每年农历二月二，霍童都举行隆重的灯节活动，不同姓氏的村民抬着各式花灯，踩着铁枝，舞动着线狮，诵念着先人的恩泽。看到如此景象，我突然心生感叹，只要千年涵渠不坍，黄鞠的精魂就不会消散，黄鞠的后人会代代繁衍，哗哗流淌的清水便是至圣至善的遗言。

渠是一座碑，碑是一道渠，如今，静静流淌着的水渠，安详得犹如一位饱经世事风霜，从容淡泊的仙灵贤达的老者，任天上流云往来舒卷，以不变之初心，泽及霍地，千年而不怠，福佑百姓每一个平凡的日子。

黄河清，中国作家协会会员，福建省作家协会全委会委员，福建省美术家协会会员，福建省炎黄文化研究会会员。发表散文等文学作品百多万字，出版散文集《将石成玉》，作品多次获全国及省级奖项，现供职于福建省直机关。

廉村行思（散文）

◎阿　丁

对闽东穆阳的桃花盛名心生向往已久。寻得5月初的一个周末，与友人相约驱车前往，意欲抓住暮春的尾巴赴一场夭夭灼灼的桃花盛宴。

临行前一天，网上订好了下榻酒店后方知桃花花期已过。是啊，“人间四月芳菲尽”，孟夏时节，哪还有桃花留待于我？我未逐花花已逝，瞬间顿有“君生我未生，我生君已老”之怅惘。好在此行本是随心随性之旅，没有过多的预设和期盼，只要徜徉山水间，无庶务缠身，无杂念羁绊，夫复何求？

一

福安自古素有文献名邦之称，历史悠久，文化积淀深厚。唐时，福安一带属当时的长溪县，至公元1245年，宋理宗“敷赐五福，以安一县”，划出长溪县的一部分另行置县，福安由此得名。回溯这方山水的人文历史，“福安三贤”声名赫赫，其中尤以薛令之和廉村的盛名传播千秋万里而不息。

晌午，抵达福安，经当地友人推荐，我们直奔位于潭溪镇的廉村。车驶出福安市区，不到半小时即进入廉村地界，只见路旁茶园碧绿，溪水淙淙，在四周群山环抱中，古老的廉村一派悠然宁静。

热情的老支书早已在村头的大树下等候，让我们心生暖意。老支书一开口，浓重的闽东腔普通话在他略带沙哑的大嗓门中喷薄而出，这副“乡音”与我长年居住在海边吃“金刚盐”长大的父辈颇有几分相似，由此更让我增添了他乡遇故知般的亲切。

踏访廉村的行程从古码头开始。驻足古码头前，孟夏午后的阳光透过一株株枝繁叶茂的古树，投下斑斑驳驳的影子，似乎在诉说着这里的前尘往事。廉村之名并非古已有之。此地原名石矶津，“津”为渡口码头之意，很显然，这个临水而居的村庄，曾是不可多得的山中水陆交汇之地。水是细致灵动而又雍容大度的，它流经之处，孕育了生命，创造了财富，繁衍了文化，更传播了文明。唐宋时期的石矶津，因其河床深，江面开阔，水路发达，成为连接闽东北与浙南的水路枢纽和物资集散地，四面八方的物流云集于此，人流络绎不绝，各地的文化也在这里交汇碰撞，何其鼎盛。

伫立岸边，回望千年，在老支书慷慨激昂的解说中，我仿佛看到了当年码头两岸遍布的酒楼和云集的歌伎，天南海北的商贾旅人闲暇之余在这里沐浴清风，推杯换盏，把酒言欢，好不快意潇洒。欧阳修《醉翁亭记》中所描述的那一幕幕“觥筹交错，起坐而喧哗者，众宾欢也”的场景似乎就在眼前跃动。回到眼前，经历了近千年时光流转，当年的喧嚣码头如今变成一个窄窄的水道，载不动的繁华成了寂寥于时空的往事。透过老支书苍茫惆怅的眼神，与他一起凝视对岸的花海，尽管暮春的油菜花、野菊花依然星星点点地绽放，但我能感受得出他深藏于内心的丝丝感慨——光阴如流水，世事总沧桑，芸芸众生，有谁能阻挡得了岁月变迁？

二

在老支书的娓娓道来和移步换景中，关于薛令之的清廉轶事和廉村的历史在我们面前延展开来。

唐永淳二年（683 年）中秋之夜，天清气爽，皓月当空，薛令之在拥山揽水的石矶津呱呱落地，因其出生日恰逢中秋，故号明月先生。薛令之自小聪颖过人饱览诗书，23 岁应试及第，“文破八闽之荒”，成为科举制实施百年来福建第一位进士。此后，福安耕读之风蔚为兴盛，仅石矶津一个村落就陆续走出了 30 多名进士，乃至创造了“一门五进士，父子皆登科”的辉煌历史。

唐开元初期，薛令之深得唐玄宗器重，官至左补阙兼太子侍讲，与贺知章一起成为太子李亨的老师。补阙之职可规谏皇帝，纠正朝纲，弹劾百官，显然位高权重，但薛令之为官从政从来都是规规矩矩尽己本分。怎奈时移世易，至开元中后期，目睹玄宗沉湎淫乐、荒怠政事，加上处处遭受宰相李林甫的排挤，备受身心煎熬的薛令之在愤嫉中留诗东宫自悼：“朝日上团团，照见先生盘。盘中何所有，苜蓿长阑干。饭涩匙难绾，羹稀箸易宽。只可谋朝夕，何由保岁寒。”其胸中愤懑可见一斑。此诗不可避免地得罪了玄宗，庙堂必是不宜再留，称病告老返乡便是薛令之唯一能做的选择了。

四十载朝廷为官，返乡时身无分文。从帝都长安到千里之外的石矶津，一路孤苦伶仃，悲壮唏嘘。薛令之的清廉让朝廷百官汗颜，却在百姓中传为美谈。玄宗终是心生愧疚，下诏长溪县以岁赋供养薛令之，但他从不多拿半分一文，坚守清贫。唐肃宗李亨即位后，感念师恩，以义子自称，召其入朝辅佐，未曾料想薛令之已病逝数月。在满怀悲恸和感动中，肃宗敕封恩师居住的村为“廉村”，水为“廉水”，山为“廉岭”，石矶津自此改名为廉村，也由此成为中国历史上唯一由皇帝敕封以“廉”为名的村庄。这便是我们在薛令之纪念堂明月祠里看到的那副楹联——“首登黄榜自古闽地无双士，帝赐廉名至今华夏第一村”的历史脉络。

那天正巧，在明月祠里我们刚好遇上几个当地村民，正在张罗着次日的祭拜活动。老支书说，一年一度的中高考前夕，村里的学子都会被父母带到明月祠祈愿，祈求获得明月先生指点题名金榜。

一个村庄，一派山水，因一代廉臣的美名而辉耀千秋。薛令之以其博学和清廉造就了廉村的盛名，也让自己走上了神坛，成为被顶礼膜拜无限景仰的神。其力量如浩荡春风，为世世代代廉村人带来无边的护佑和无上的荣光，也在中国古代廉政文化史上留下璀璨的一笔。

其实，只要我们翻阅历史即可获知，许许多多被当地民众虔诚侍奉的神祇都是历史上的真实人物。正是因为他们曾经心怀苍生行善积德，受到百姓拥戴颂扬而逐渐演变为“神”，比如海神林默娘、财神赵公明、护法神关帝爷和各地的城隍等等。百姓对神的膜拜，实际上寄托的是对国泰民安、风调雨顺、平安和谐的追求，这种追求朴素而又坚贞，如山磅礴，如水绵延。

三

廉村城堡内的古官街上有一条官道，由三条纵向平行铺排的条石组成，中间规则有序地镶嵌着细小的鹅卵石。都说“政声人去后，民意闲谈中”，在今天看来显得狭窄紧促的官道上，遥想当年文官武将路过之时，一定少不了周边百姓对该官员人品作风和官德政绩的评价。老支书是个明理人，他说，人间正道虽沧桑，但若为官不走正道，何止“回家卖红薯”那么简单，而必遭百姓唾弃，甚至钉在历史的耻辱柱上。侧立于古官道前，我不禁陷入了沉思。当年的薛令之，凭一己之力无以扭转荒淫弊政，徒有壮志在胸也枉然，唯解甲归田，隐于山村，不同流合污，不趋炎附势，留一世清名给后人以借鉴，树一座丰碑给后世以启迪。这，难道不是一种曲线的怀才报国？

器物无声亦有道。给我触动极深的是，方圆状的物件在廉村几乎随处可见。譬如，由鹅卵石和条石拼成的方圆路面，明月井的内圆外方井口，倚在古城墙边上的方圆石器等等，无不揭示一个朴素的道理——无规矩不成方圆。诚如老子所言“道法自然”。这个“自然”，亦即天理和正义。人若欲求过甚，逾越规矩，背“道”而驰，距离危险甚至覆灭的境地也就不远了。

不觉间，已是夕阳西下。环绕廉村一圈，我们的行程终点又回到了古码头。站在河道沿岸的台阶上，耳闻雀鸟归巢的唧唧啾啾声，眼望远处含黛的山峦，伴着河畔淙淙的流水，心生静谧，心如澄澈。是啊，时光是深邃的，芸芸众生只不过是历史褶皱中的一粒细小微尘，躯壳碾落成灰是再自然不过的事。那么，我们是否要在有限的人生中留下一些有意义的痕迹？倘若如此，也算是对养育了我们生命的自然山水的一份馈赠和反哺。

阿丁，本名丁林兴，福建省作家协会会员，在多种报刊发表散文作品，现供职于平潭综合实验区党工委管委会办公室。

难忘诗僧圆彻（散文）

◎ 黄莱笙

诗为禅客添花锦，禅是诗家切玉刀。世上武僧多而诗僧少，诗禅并茂实乃寺院造化。深山老刹多藏高人，在闽中往西北方向的大森林里隐藏着著名的聚龙寺，就有诗僧圆彻法迹。诗僧圆彻是闽粤两省的传奇法师，乃当代中国佛教界奇特名家，属曹洞宗第五十七世，系中国佛教协会重建班子的五大法师之一，留有大量诗作和一本诗集《微尘集》。他生于公元1929年，圆寂于2004年，别号“春明一衲”，接法名为“日杲”。如今，聚龙寺右侧山峰的丛林间有三座舍利塔，最打眼的那座便是圆彻法师。其实，圆彻是在广东汕头证果寺圆寂的，生前嘱托舍利回归聚龙寺。

圆彻出生于广东梅县丙村圩镇陈氏家族。对于他的童年往事，圆彻有诗《出身》回忆：“家世栽云攀桂萼，灌园有母乐清贫。耕锄春早蔬翻绿，刀尺宵深线压金。细剪烟霞缝破衲，静观花鸟羡空林。冲龄即具超尘想，每傍精蓝学梵音。”圆彻在诗中注曰：“先父智麟业手工裁缝，母为菜农。儿时嬉，每喜入佛寺。”而传世资料记载有圆彻童年时期许多传奇，我印象特别深刻的有两个：一个是9岁那年巧对楹联，说是刚入学，陪老师到范姓友家下棋，师夸其聪明，友人便书上联“秧田雨过蛙打鼓”试其文才，他对曰“竹圃风吹凤哮簧”，令范氏叹服；再一个是14岁那年，家中四人同时食物中毒，父母妹妹皆亡，唯圆彻两天两夜之后活过来。堪称才大命大。

圆彻的法缘也很传奇。他在父母双亡后受骗于人贩子，被贩卖到江西一个学堂做童工，某日，恰逢先生因事临时缺席而顶课，小小年纪竟然讲得家长诚服，遂当了教师，教学之中就结识了曹洞宗僧人瑞顺。

那么，圆彻又是怎样与聚龙寺结下不解之缘呢?

16 岁那年，圆彻随瑞顺来到聚龙寺下院福建宁化县莲池寺，皈依了兴启法师。随后的法缘，圆彻《报恩亭记》自叙曰：1950 年秋，“随师来聚龙寺祖庭朝礼祖塔，见万山环抱，梵宇庄严，地气清出，心生欢喜，即当地俗称雅致坪是也”。至此，圆彻完全爱上了聚龙寺。然而，此后的聚龙寺生活之于圆彻，却是寺里寺外，禅内禅外，相当纷杂。圆彻在《报恩亭记》中接着说：“次年春，逐白师求山依止。”1952 年冬参加土改工作后，任邓珩小学校长兼老师，1953 年复查土地后，仍返寺中，1954 年冬回莲池寺待师。这年，圆彻已 25 岁，他在聚龙寺及其下院莲池寺内外度过了整整十个年头，结下了法缘，开启了法脉，收获了法喜。那时，他用的法名不叫圆彻，叫盛发。

那么，圆彻这个法名又是怎么用上的呢?

1954 年底，兴启法师圆寂，需往苏州灵岩山寺灵骨入塔，聚龙寺下院的住持把这事交给了圆彻办理，让他为师超度。灵岩山寺首座了然和尚见圆彻求戒心切，便推荐他到南京宝华山授比丘大戒，并把法名“盛发”改为“圆彻”。

至此，“圆彻”法名正式问世，一代“诗僧圆彻”名号开始传播。

1955 年 3 月 19 日，圆彻在南京宝华山参加了中华人民共和国成立后首次“全国授戒大法会”，正式成为比丘僧。他激动得彻夜不眠，写了《求戒》一诗，曰：“身心已许法王家，荷笠担囊上宝华。泽沛三坛昭戒日，威严八部逾恒沙。人天喜踊传金牒，海众欢腾雨妙花。欣秉僧仪圆具足，三衣一钵老烟霞。”诗中特别加注，说：“初出家，住闽万山丛中，在闽明溪之聚龙寺烧畲拾榛。农禅食力，与世不通音问，拟作终身沙弥。1954 年冬，师圆寂，与灵岩了公通讯，乃命外出求戒。”

受戒毕，了然和尚又推荐圆彻到苏州净宗佛学院读书三年。十年后，了然在灵岩山寺传衣钵于圆彻，使之成为曹洞宗第五十七世。

禅法精深的圆彻才志双全。1959 年秋，30 岁的圆彻又遇上了 9 岁时的“楹联问才”，不同的是，胸襟透志向。那是一次踏水车抗旱活动，休息时，一位法号雪相的法师早闻圆彻才华横溢，便出联相试。雪相出下联曰“三光日月星”，圆彻脱口对上联曰“一统山河地”。雪相法师一时惊呆。至今，人们仍然不得而知，雪相是为圆彻的才思敏捷而折服，还是为圆彻如此胸襟而钦佩。

禅有幽禅有阔禅，曹洞一脉又是讲究“敲唱为用”，圆彻放眼天下普度众生的佛心毕竟还是被派上了用场。

这不，“文革”结束时，圆彻就被赵朴初邀到北京参加了成立中国佛教协会工作，成为当年成立中国佛协五员重要法师之一。他十分激动，赋诗一首《赠赵朴初会长》：“凤藻华章宇内驰，倦怀人类溢深慈。拈花鹫岭瞻前世，振铎骚坛启后师。偃岳雄才倾刹海，参天大节凛艰危。方山请献文通笔，钟鼎林泉具得之。”

尽管云游天下法务繁忙，圆彻内心始终牵挂聚龙寺。他多次回到聚龙寺讲经，并推动聚龙寺修复重建。1987 年，圆彻法师联络昔年在聚龙寺出家的广贤法师自美国返寺，题诗：“寿山顶上聚龙寺，境胜人称雅翠坪。古刹重开空界净，法雷再震梵音清。翠怀千嶂云浮练，秀拱三门锦作屏。北美儿孙朝祖塔，可知流泽遍环瀛。”1991 年，圆彻法师专程回到聚龙寺主持满堂诸佛开光法典，见到昔日故交，又是十分感慨，作词一首《减字花木兰·重晤明溪诸友》：“此情何限，四十年阔别欣重见，细认前踪，梵呗重听动后钟，萦怀千万，沧桑几度人间换。历史长河，铁笔尊严贬与褒。”

这样的情结使圆彻认定自己的根在聚龙寺，法脉的源头活水在聚龙寺。

1998年，圆彻回聚龙寺修建了报恩亭，既是为了增添聚龙寺法景，又是以实景意象向世人开示感恩法理。报恩亭全石料建造，屹立于寺前回龙岗上，镇守着九龙聚一水的无限风光，以志不忘回报国土恩、三宝恩、父母恩、师长恩四重恩德。来到报恩亭，映入眼帘的是金光灿灿的“报恩亭”横匾，落款“春明一衲”。亭中正面石柱，上书一副楹联“丈夫立志超三界，佛子当思报四恩”。两旁石柱亦有楹联曰“慈云度荫三千界，法雨普施五大洲”，以及“月静人闲适于此中得佳趣，天生水面更徙何处问真源”。

站在聚龙寺前的回龙岗上远眺莽莽苍苍的群山，似乎尊尊峦佛打坐，风吹梵呗悠扬，圆彻法师《山居》诗作从密林深处飘出两句：“有时闲向高峰上，坐看浮云变古今。”

黄莱笙，中国作家协会会员，福建省作家协会副主席，三明市文联党组书记、主席，出版专著7部，主编文丛、著作近80部，作品多次获省级以上奖项、入选中学教材及重要文学选本。

诗人张际亮（散文）

◎陈　碧

一

历史文化名街福州的三坊七巷，有“唐巷宋坊元庙明清古建筑”之说。在现存最短坊巷——郎官巷的东段，严复故居的斜对面，有一座始建于元、后历经多次重修的道家“天后宫”，与之相邻的是“绥安会馆”的附属建筑。绥安为闽北建宁县的别称，因此人们习惯称之为“建宁会馆”，类似建宁商会驻榕办事处。

这条短巷曾被形容为“悲情郎官巷”。这里住过戊戌变法六君子之一的林旭，23岁被断首、戮棺，爱妻自尽以殉……郎官巷16号，还住过“投老还乡卧小楼，身随残梦两悠悠”的一代思想启蒙大师严复（一说严复故居即林旭故居）。而鲜为人知的是在林旭之前，郎官巷的这座天后宫前一位黄姓人家中，曾寓居过另一位同样壮志未酬、悲情慷慨的汉子、诗人——张际亮。他是“绥安”的乡亲，这个“天后宫前黄姓人家”的方位很有悬念，因为天后宫对门就是严复故居，也就是说，这三位时代伟大人物，可能都曾住在同一处所。

与林旭和严复不同的是，他是过客，却与福州渊源极深。他住过台江沙合桥附近，还曾住在鳌峰书院、郎官巷……28岁时他写福州的诗中有“十年八度来羁旅”，此后更是频繁来福州，29岁时在光禄坊的通志局任分纂……

他还是福州西湖宛在堂诗人龛入祀的第一个外地人。我猜有两个原因。一是因为他的志士之诗——在诗文写作方面，张际亮可以说是对近代诗风转换起领先作用的人。他反对嘉庆时期势力最大的“性灵”“肌理”诗派，主张接近社会生活，以忧国忧民之心写诗。他认为，不能只写沉溺于个人情感的“才人之诗”“学人之诗”，要写反映时代精神的“志士之诗”。二是因为他与朋友的肝胆相照，那种独立于“事”“功”之外的人格，打动了祭祀士事们，如陈宝琛、沈瑜庆、陈衍等。甚至我猜想是因为他与陈寿祺师生共同入祀，而使曾经得到提名的、号称当时督抚里创作最丰的梁章钜最终“落选”，“挤”出诗人龛（陈、梁二人因《福建通志》而引发的官司里，张际亮是一颗最愤怒的葡萄）。

张际亮，这位须眉男子来与去，有他在权势面前拂袖而去的傲然，也有他在落难友人身边紧紧追随的侠肝义胆……恰如一首悲壮不朽的诗。

二

张际亮（1798—1843），字亨甫，号松寥山人，福建建宁人。清嘉庆四年（1799 年），父母早逝，由继母吴氏抚养成人。因其聪慧，其伯兄行商，助其学业。13 岁时，父亲过世后，所有家事一概不问，全部由伯兄打理。每年要做的事是腊月底把自己一年所做的诗辑录，赶在除夕夜前完成，然后就与一直等他的伯兄共饮。兄弟感情之好，使他在兄长去世后，把自己的诗集命名为《思伯子堂诗集》。

他 16 岁中秀才，有奇才伟志，敬慕古代奇伟之士，常常朋集酒酣慷慨论事。18 岁，乡贤李古山刊刻了他的诗集《蚕缫集》。福建省图书馆特藏部收藏有其手书的《旧交录传》，中有回忆李对他的赏识，李先生为人孝友敦内，是当地名师，学生众多。嘉庆乙亥（1815 年）17 岁的张际亮在赵氏祠之扎庄里读书。一天李先生到赵氏祠来，诸位学生带着自己得意的作文进见乡贤名师。先生阅过张际亮的诗集后，对他评价颇高。接着，李先生像孔子一样想听听学生们“各言尔志”，来观察性情。张际亮大话说：“有如昔人，所谓生当封侯，死当庙食者。”先生笑曰：“此亦豪杰之所为耳。当学圣贤也。”不久先生回家，即命他的二儿子拿来四书赠送，书中还间杂“持身为学之要”之类的朱墨批注。后来，张际亮才听说，“言志”那天，先生回去后，一些学生在他耳边嘀咕，抨击张际亮的狂傲。李老师却正色对说他坏话的那学生说：他狂他的，你也可以狂嘛！他又没有禁止你狂！

这种偏护来自一位古板的教师，实在是一件奇怪的事。也能说明，狂傲的张际亮用他的才华与不同凡响的志向打动了他。而一直到他去世，张际亮实际上才与他见面三次，第三次在乡间见面时先生已病。张际亮对他提出自己的两个困惑，一是没有师友，想拜入先生门下，先生却告诉他：开卷有益，古人们都是我们的朋友。你希望交到圣贤友，那些人也在书卷之中。第二个问题是“文辞之道”，先生则告诉他要“积理养气”。

李先生的去世，使 19 岁的张际亮豪情之心更加“寂寞开无主”。这时正好有机会入福州鳌峰书院。“戊寅，余以督学使者送岁试一等，来鳌峰读书数月，居于假山亭子。”这是嘉庆二十三年（1818 年）。当时张际亮 20 岁。

他满怀激情前来求取学问。此时鳌峰书院的山长为游光绎。游师因弹劾权贵被罢官，后受聘到书院。他大节不亏，但因待学生过于宽弛，学生散漫，书院中滋长许多不良之风。院生专攻八股举业，这让张际亮十分不屑，“视之蔑如也”，很快抽身离开了。但他也没有白来一趟，“每于月夜携酒登乌石山浮图绝顶吟啸”，与蒋蘅、丁汝恭游邻霄台，与郑兼才登鼓山望海，又游鼓山涌泉寺、台江钓龙台。每次登临，都赋诗以志豪情。陈庚焕（惕园）、谢金銮（退谷）先生等也常常到他的寓所聊天。

21 岁，张际亮又来福州参加乡试，但这次他还是没有考中。此时“上恃老母爱，家有长兄持”，生活放佚无检羁，“慷慨负奇气”，又不断地流连于台江的风月场所，对社会底层多有了解。这些日子成了他以后创作《南浦秋风录》生活来源之一。

张际亮的人生是悲壮的。这种悲壮从后文中可以看出，多半因为他对社会上一些名流的俗气格格不入，且忍不住要跳出来指斥而带来的后果，但他又能得到某些前辈、朋友在学识上或品性上匡正、爱护，从这个角度来说，他又是相当幸运的——这也能说明，他其实是善于学习愿意学习的。他很快遇到恩师陈寿祺。

道光二年（1822 年）的秋天，经学大师陈寿祺接受闽抚叶大倬的委聘来到鳌峰书院任山长。也正是这个秋天他给张际亮的一封回信，让张成为来年鳌峰书院的“复读生”。信中对张际亮赏识：“足下天才英特，绝伦超群，非直文词之工而，乃复愿慕于立德立功之大，汲汲然，恐修君之不立，此岂空言夸饰炫才而盗虚声者之可及哉。”但仍希望他勤学广才，“沉潜于圣贤修身立命之旨，豪杰经国济时之业，他日出为天下用……足下勉之”。道光三年（1823 年）的春天，张际亮第二次走进鳌峰书院。此时张际亮 25 岁。这一年的诗集中，如咏鳌峰书院的芭蕉树等，读起来心情都是愉悦的，求知欲是旺盛的。“癸未（1823 年）春，以巡抚举人才，檄入鳌峰书院，受业于陈恭甫师，凡三年。感恩知己，众所共知。”

陈寿祺课士不拘一格，其门下弟子足以成家的非常多。张际亮就是其一，他在清末诗坛、古文辞上能成一家，跻身于“道光四子”之列（《清史稿·列传》中将汤鹏、张际亮、龚巩祚、魏源四人同列。后人把他们四人称为“道光四子”）。对于他的诗文，陈寿祺谓其“高青邱后罕有其匹”，林昌彝的《射鹰楼诗话》称其：“天才俊逸，腾骧变化，雄视一代。其于诗刻意为之，而性情气格两两俱胜。”符保森的《国朝正雅集》更认为“嘉庆、道光以来作者，未能或之先也”。林则徐亦称其有经世之才。

记取 1823 年春的福州，这个春天，陈寿祺和鳌峰书院为张际亮的一生——“道光四子”诗人之一的他奠定了人生的底色。这个春天，他还将结识一位跨越生死的知己姚莹。他们的友情用“情逾金石、生死以赴”形容之，毫不过分。

三

1824 年沈鼎甫视学闽中，张际亮试拔贡第一。1825 年入京师朝考，报罢，一直流寓京师。虽然在仕途上没有寸进，但在京城，他的诗名大盛，“京贵人及名士言诗者，无不知亨甫矣”。他与黄爵滋、徐宝善、郑开禧、汤鹏、潘得舆等人交游，后来姚莹回到京师也加入这一团队，彼此唱和甚密。

以他被陈寿祺、林则徐、姚莹等人一再夸奖的才学，相信他应当可以很容易中一个功名，况且他南北奔走，并不是不以功名为意的人。然而，由于性格的原因，他的一路注定走得比别人坎坷：阮籍有青眼白眼，张际亮也有一副“视之蔑如”的表情——这一次是发生在一个聚会上。盐运使曾燠赴京候补，因素知张亨甫作诗为文的名气，一次聚会时召请他同席共饮，同座的都是当时世人称为名士的高知。

曾燠，曾入军机，为军机处的一把手和珅欣赏，诗文也是卓然一家。以名辈显宦自居，在聚会中纵意言论，诸人赞服。也许是少年轻狂，也许是曾的面目可憎，张际亮对之心中鄙薄，所以席间并不肯高谈。后来，当曾燠谈笑、嗑瓜子，瓜子粘在胡须上时，有人起身为之拈去，并拍马屁说这是“白鹭集青松”。张际亮终于憋不住当场笑了，并且以“为什么不说是‘粪蛆集屎坑’”作喻讥讽，弄得不止曾燠不欢，连那一些随喜奉承的诸位都不欢而散。这还没完，第二天，张际亮又写了一封信指责曾燠：“不能教导后进，徒以财利奔走”“不知自爱”“有负天下望”。这种被后学小子教训的难堪使曾燠大怒，于是四处中伤张际亮，“毁之于诸贵人，亨甫以是负狂名”，还叮嘱那些有权势者不要让张际亮这种人中举。

因为朝贵们的暗中施压，张际亮考试屡为不利。循着常规，他只得借钱捐“校理”一职，但也没成功。

可以遣怀的是历游天下山川，穷探奇胜。人说悲愤出诗人，可能也有道理。穷愁慷慨、牢落古今之意，发为诗歌，更能沉雄悲壮至天才艳逸，情致绵邈。此时，所交的名贤朋友，包括好友姚莹认为其诗已有大成之态。但光是诗歌，总归不能使人安身立命，更遑谈在世上有所作为。张际亮感慨当时的衮衮诸公，名义上是“好士”，实际上没有真识。悲愤或不满无济于事，他只能以“醉”来表达抗议。虽然他对自己的纵酒也有许多反思，例如，早在写于1822年的一首无题诗：“年少纵横气总粗，英雄真处乃醇儒。衔杯乍可师陶令，骂座何当似灌夫。岁暮冰霜天地肃，江湖蛟鳄客身孤。故乡回首思兄弟，千里寒云尺素无 。”诗的“序”写道：“连日大醉，愆谬遂多。因忆今春临行时四兄送之，惟曰勿多饮酒，盖知予之过失多因酒也，一年之间屡愈此戒，岂惟不弟，实不知焉。”但反思归反思，人在江湖，时局如是，自身的境遇又如是，他在命运的风涛中，依然一次次不能自持地举杯痛饮。

他结交了一群优伶，并与他们饮酒为欢——在北漂京城时，把一腔志士的胸怀以浮生若梦戏伶们的故事为原始素材，为他们作传，这就是《金台残泪记》——记有《伶人传》十篇，诗词及杂记百余条。这种心态与陈寅恪先生写《柳如是传》有没有相似处呢?

私人笔记还记载了他在京师的生活碎片：一日，忽然心情又有所不爽，他告诉看门人关上大门，今天不接待客人。自己却找来平时喜欢的歌郎六人，与他们行酒作乐长夜痛饮。到天快亮时，翻箱倒柜找出一些钱物，让各位乐部少年每人“挟十金”以去，自己独自酣睡。到醒时，仆人进来告诉他家中已经米尽，他搜搜囊袋与钱包，钱包里空空如也。一位好友正好来访听到此事，这才为他买粟买肉，私下为他张罗家中的生计。“而先生弗问也。”张际亮竟然对此不闻不问——简直是醉生梦死了。

在这样穷愁无聊的日子，收到恩师陈寿祺寄来的回信，信中对他的遭遇表示极大的同情，同时也冷静地指出，张际亮作为社会人，应当自我反省：“……绳己易暗，责人则明，人知闭其闼，莫知闭其情。子怨人之媒孽，人亦畏子之唇舌。巨阙豪曹太刚则折，垂棘悬藜在泥则涅。騄駬一蹶，不如跛羊……是故君子必慎其所处也。嗟乎亨甫，子齿鼎盛，如木华滋，下帷发愤，归有余师三年南北，意与岁驰，乌鸟怀饥，子不出而逐名缰割利幅，天下孰与子曳觭？往者不可谏，来者犹可追，吾为子赋鸣皋之歌，咏小山之词，不达意，宁为泽雉之饮啄山梁，勿为黄鹄之浮游四海也……”

我读着这封信时，突然想起“情同父子”这个词。理学大师、宋代屏山先生刘子翚《屏山集》的序是朋友胡宪和门人朱熹写的。胡序中有一段对朋友及师道的描写：“人之大伦五，而朋友居其一焉。可谓重矣哉。师道尊人生有三事之如一师之谓。顾不列于大伦者，以朋友兼之也……朋友之道亲如兄弟，相结以诚，相责以善，相与切磋扶持必期至于有成而后已……”刘子翚、朱熹都是闽北人，他们是师生也有情同父子的一面。陈寿祺先生晚年自号隐屏山人，对汉学宋学而言也是集大成者，这里有没有一些秘密的信息我不曾读出来呢？他还曾用诸葛亮《诫子书》中“非学无以广才，非志无以成学”来规诫过张际亮——回到张际亮身上，他是一个悲情人物，但围绕着他的情感，如师生情，如与姚莹等人的友情，甚至其妾对他的感情，都是彼此的一往情深。是这一班钟情辈的人物各有宇宙的磁场、胜肽，才让他们在这个混乱崩离的年代相遇相聚在一起吗？

也许是因为这封信的呼唤，张际亮终于下决心回福州，帮助老师一起整理《福建省志》。道光九年（1829 年），通志馆在魁辅里（今鼓楼区吉庇路）刘氏祠堂开局。陈寿祺为通志创立义例，并自撰“形势”“山川”二门和“儒林”“文苑”后传。其余悉交担任分纂的高澍然、冯登府、张际亮、饶廷襄等 18 人负责。道光九年（1829 年），张际亮 31 岁，冬，赴会城分纂《福建通志》，“久居福州”（《思伯子堂文集》卷二《刘西堂诗序》）。翌年夏秋之间，张际亮身在吉庇路的志局，“以幽忧愤闷无可告语故，多出为台江之游，然所纂采书录数倍于同事诸君”，但是有人向某大吏说他的坏话，张际亮微有所闻，愤而辞去。（《述旧绝句三十首》第九首注）

也许，真正听从陈寿祺建议，安心“泽雉之饮啄山梁”，他的人生后半段会走得像老师陈寿祺，平静安宁一些？

四

后来数年的诗作中，张际亮的状态总是处于不平与忧愤之中。除了跟个人境遇有关之外，还因为时局。正像他在 1828 年完成的《〈残泪记〉序》中所写：“孔子泣获麟后，天下有二泪焉。汉贾生之哭时事也，晋阮籍之哭穷途也。余居都门三载，深观当世之故，颇能言其利而救其弊。无荐之者，既不敢献策，复不敢著书，辄恸哭遭家多难，顾影自悲，又恸哭。故人怜之，恐其伤生，每为征乐部少年，清歌侑酒，以相嬉娱。余于醉后则又恸哭。今将归矣，偶理旧衣，见向时醉后泪痕犹在，乃叹曰：嗟乎，余之泪尽矣！此其残痕，然一时之情也不可忘……”

英雄泪，为自己“穷途”哭一场，再像贾生一样，为不问苍生问鬼神的荒诞时局哭一场。“泪已尽”只是一种说法，表达“绝望”，但越是这样，其背后越难抑深情、悲愤。他曾给好友鸿胪寺卿黄爵滋写过一封著名的《答黄树斋鸿胪书》，言辞是极为尖锐：“为大府者，见黄金则喜；为县令者，严刑非法，以搜括邑之钱、米，易金贿大府，以博其一喜。至于大饥，人几相食之后，犹籍口征粮，借名采买，驱迫妇女逃窜山谷，数日夜不敢归里门。归而鸡、豚、牛、犬一空矣。归来数日，胥吏又至矣，必罄尽其家产而后已……此等凶惨之状，不知天日何在，雷霆何在，鬼神又何在！”“海内虚耗，官吏见怠，良可忧惧。”这一封信成为《中国近代史》教科书上对当时社会现实黑暗的佐证。

同一年，他积极参与了黄爵滋、林则徐等人的变法禁烟活动，热心奔走京、汉之间。诗人没有忘记鳌峰致用经世思想的教诲，用世之心使他的目光保持着凝视，在诗人的笔下记录了悲哀、离乱，万里山河破碎的万象，同时也激发着诗人的思考：1832 年，他写下《浴日亭诗》，中有“青山到沧海，高下皆烟痕……飘风满楼橹，远近夷船繁。苍铜与黑铁，骄夺天吴魂……毒土换黄金，千万去中原”——这时候距离天朝官员们意识到禁烟的重要性，以及中英最终爆发鸦片战争相差 8 年。对此，《射鹰楼诗话》的林昌彝在后来盛赞他深谋远虑，识在机先。1833 年，《上卢厚山宫保书》中，他继续提出禁烟策略及针对英国殖民者的侵略提出“移水会师”之良策，后又支持监察御史陈庆镛上书反对起用丧权辱国的罪臣。

这种热情，岂是泪尽的表现？假使他真的能早获功名得到晋升之阶而列身于庙堂，也许是另一个林则徐或者姚莹？哪怕仅仅是作为诗人，热情也是不允许被耗尽的。

时光如飞刀。差不多又是十年蹉跎。一直到 40 岁，他才很戏剧性地中一个举人的功名：道光十八年（1838 年），亨甫改名亨辅，回福州参加乡试。考官拆卷曾怀疑就是他，不想录用。但一位副主考予以申解，得以录用。等到谒师之时，他们愕然发现果然是这个张际亮。张际亮出现在他们面前时是什么样的表情？得意还是不屑？

然而此时他应该是激动的。因为国家貌似会发生转机。

就在半年前的五月，张际亮流寓汉口，写下“三秦形胜雄中夏，险要先争第一关。如此夕阳斜汉水，居然晴雪人商山。江湖岁晚吾庐远，壁垒风严士马娴。敢望绨袍怜故旧，要宽西顾慰天颜”一诗时，正住在湖广总督林则徐节署中，这一住三个月，从五月住到八月。六月时黄爵滋上书

《请严塞漏卮以培国本疏》，主张以死罪严惩吸食鸦片者——这份奏疏的底稿是三月时，他为黄爵滋写的。后针对道光帝在禁烟问题上的犹豫不决，1838 年 6 月，林则徐在《筹议严禁鸦片章程折》中明确指出鸦片流毒已深，必须严禁，不是弛禁，才能威慑贩卖吸食鸦片者，并提出禁烟六策。上奏时期，正是张际亮在汉口总督府的日子，我猜想，与他的建议不无关系。因为在这位血性汉子离世时，友人林则徐曾痛挽："尺素频从万里贻，吟成感事不胜悲。谁知绝塞开缄日，正是京门易箦时。狂态次公偏纵酒，鬼才长吉悔攻诗。修文定写平生志，犹诉苍苍塞漏卮。"认为他的禁烟想法不啻是"塞漏卮"，并从他的思想里得到借鉴。

此时离开林公才一两个月，而秋闱放榜自己总算中了举人，接着又传来消息，说皇帝已连续召见林则徐 8 次。也许，天听大开，国家或可有新的发展？

台湾的局势似乎也有转变。道光皇帝考虑必须要让一个掌握情况了解台湾的人选来治理，因为之前姚莹曾任台湾知县，对台湾地形民情熟悉，且姚莹又有用兵才能，故以为非他莫属，于是擢姚莹为台湾兵备道，道光十八年（1838 年）四月莅任。

得知这一消息，张际亮比谁都高兴与欣慰。他与姚莹初识时，姚莹 40 岁，张际亮 25 岁。姚莹（1785—1853）与林则徐同岁，是桐城名家姚鼐的侄孙。从小就以文章出名，留心经世之学，文与文论，比原来的桐城派更多时事陈指，慷慨深切。30 岁时进士外放，先后知福建平和、龙溪知县、台湾知县、噶玛兰通判等职。所至闽、台各地，"于山川形势，民情利弊，无不悉心讲求……历著政声"。因遭同僚妒忌，于道光元年（1821 年）被议革职，不久姚父病卒，1823 年因扶其父榇从台湾至福州。

当年正是张际亮重回鳌峰书院时节。他以诗为谒拜访了前贤。一读之下姚莹惊叹其诗"何李（白）之流"，认为"去其粗豪，则大复矣"。这次的交谈奠定了二子之一世之交。"平生知己最姚崇"（1831 年《芑川归自京师感怀诗》），这是一位对张际亮的人生影响至深的知己。现在，张际亮年已 40 岁，15 年弹指间，然而白云苍狗。在“十年除夕八他乡”的日子，这一年他频繁地梦到想到海峡东岸的知己，台湾兵备道姚莹。短小精悍，看人时双目炯炯，言谈时发声若钟的兄台姚莹现在怎么样了？“姚侯去我沧溟远，燕市荒荒几酒徒。若上赤嵌看落日，青天万里片帆孤”“湖水江流同到海，谁怜海外岁将除”“一代姚黄实异才，盛名中外望三台”“王师劳且如，今日姚（廉访莹）滕（刺史子玉）曹（大令瑾）”……他双眼双耳时刻保持着对时局的关心，自然知道战氛不靖，姚莹正苦苦地为台湾历辛茹艰。

姚莹抵台后与满洲镶红旗人达洪阿分别担任道员和总兵。此时，英国侵略者不仅频繁派船到台湾洋面销售鸦片，还意图占领厦门以切断台湾与内地的联系。姚的推心坦诚换得台湾总兵达洪阿的倾心支持。二人生死与共，并结拜为兄弟。领导层的精诚团结，审时度势，使台湾的战备工作顺利且有效。他们同时还认识到禁烟妨碍英商大利，英国不会善罢甘休，可能引发战争，遂加强防务。他们于 1840 年指出，“简练舟师，选择将帅，修葺战舰攻具”乃“目前要务”。采取严厉措施，阻止鸦片贩运，为有效地抵抗英军侵犯台湾，多方筹饷，修葺战船，增置枪炮，招募乡勇，训练水师。他还组织数万台湾士民成立自卫团体，半听官调，半守村庄，“无事则各归农业，有事则协力从戎”。姚莹又组织人马，着力加强岛内的防御措施，包括堵塞港道、封锁水面、沿海岸挖战壕、埋地雷、筑炮台、垒沙袋和整修船只等。

林、姚两位亦兄亦友的好友都为皇帝所知，并委以大任，使诗人张际亮一颗时时充满担忧的心，多少跳荡一些美好的梦想。然而梦想很快破碎。

虎门的余烟袅袅未尽，道光二十年（1840 年）夏，鸦片战争爆发。英夷攻粤闽未逞，改攻浙江，陷定海，再北侵大沽。被英夷船坚炮利吓得不轻的道光帝惊恐求和，归咎林则徐在广东“办理不善”，屡次下旨斥责。

九月林则徐被革职，留粤备查问，但仍四处奔走，察看要隘，积极献计献策。次年三月受命赴浙江协办海防，离开广东。五月广东战败，道光帝再次归咎前任，林则徐被革去四品卿衔，谪戍伊犁。张际亮写下《两君岩见前明戚少保题石名口号寄少穆先生塞外》等诗，为林则徐鸣不平。

姚莹的遭遇与林则徐也差不多，先是被倚重，后来也是难逃被求和派下谗言的命运。

他在台湾率领士民严守海关，盘查走私，严禁鸦片入境，“犯者刑，再犯者死”，令英国鸦片商望而生畏。战争中，台湾军民所进行的 5 次抗英之战，5 次击退英舰进犯，炮毁英舰 3 艘，生俘英军 150 多人，缴获大批装备。未吃一场败仗，也未丢失一寸土地，“浙粤江南皆丧地失守，而台湾独完”，因此，姚莹受到了清政府的褒扬，道光皇帝称赞他领导的几场战斗“大快人心”，并给予姚莹“诏嘉奖，加二品衔，予云骑尉世职”。

道光二十一年（1841 年），姚莹与总兵达洪阿密切配合，两次击退英军的进犯。张际亮闻悉后欣然题诗，向老朋友庆贺。姚莹收到诗后，即召此时正等着诠选知县的张际亮赴台，张际亮动身前往，到厦门时因风浪太大，无法过海，他便请人画下自己的像，题上诗，寄给姚莹。转道北上。

道光二十二年（1842 年）三月，英国舰艇阿安号入侵台湾大安港。姚莹依靠渔民诱敌深入，一举歼敌一百多人，缴获大炮 13 门。

1842 年 7 月，鸦片战争以签订《南京条约》而结束。南京条约签订后，英夷向清政府提出：释放在战争中被台湾军民俘获的士兵。由于一些英军战俘此前已被“就地正法”，英军遂向清政府交涉，谎称这些已被“正法”的士兵本系渔民，诬告台湾曾缴获的英国船只人员都是因为在台湾海峡遭到风浪触礁而漂流到台湾的，却被姚莹、达洪阿“冒功贪赏”。新任命英国公使璞鼎查更威胁清政府，必须将台湾主要官员“去官正法”，否则“诚恐难保无致干戈再起”。在鸦片战争得胜后，英人更进一步勒索，投降派于是纷纷劾奏这些抵抗不屈者。

于是，因鸦片战争之败，姚莹与达洪阿的那些战绩不但迅速被抹杀，还被诬称为“冒功”。他们面临着种种劾章，面临着牢狱之灾。

道光二十三年（1843年），闽浙总督怡良东渡台湾，奉旨对姚莹等革职拿问。姚莹对达洪阿说，夷人强梁反复无常，现在一切要权宜处理，徒争口舌只会使夷人对天朝又别有要求。“大局已坏，镇、道又何足道也”——只有我们引咎辞职才不致让皇帝为难。他与达洪阿相约作为一个国家大臣绝不穿囚服和被俘夷人对质，一是有伤国格，二使人心沮丧。

得知镇、道二位被押时，台湾的郡兵数千人攘臂呶呼，气势汹汹，险些激起兵变，制军无法弹压，只好让洪达阿镇军亲自慰问，“众兵乃痛哭投戈而罢”。次日士兵们又每人拿着一炷香前来请愿。制府佯允入奏，但并不肯转达这些呼声。不久，皇帝诏书到，要把他们“拿问入京”。于是樱花开尽的三月二日，从湍流的海峡内渡，五月，到达福州，再从福州北上。

姚莹在闽台史上也留下不可磨灭的功勋与精神。忘却个人牺牲的委屈，愿以哪怕是毁己毁家来成全社稷邦国，这种纾难精神与林公则徐所咏的“苟利国家生死以，岂因祸福避趋之”是一脉的。

五

1840年，张际亮本想赴台看望、帮助姚莹，却因晕船过度只得返回。从厦门返走宁绍台道的鹿泽长处，因宁波失守流亡到江西。后来又到桐城看视姚家，并拜访姚的好友、桐城派大师方植之。后湖北布政使叶敬昌（三坊七巷叶氏叶观国之孙）厚礼聘之入幕。

英夷也加紧战争的步履，先进攻厦门、定海，接着攻占镇海、宁波。

行走的张际亮耳闻目睹破碎的山河，一连写下了《东阳县》《日铸岭》《后宁波哀》《镇海哀》《宁波哀》《定海哀》等。他个人的状况也极不如意，除了时常生病，还缺钱。1842年初回家时，甚至家中一连九天薪米不继。他的诗中充满了战火、冻馁、天运、檄师、寇虐这样的字眼。偶与邹钟泉太守谈时事，又想起林则徐，辄痛赋三十韵，为林公不平、辩白、祈祷："豪杰愤时艰，大臣惜国体。何意尊酒欢，乃见天下士。昔从林公幕，窃叹材奇伟，点笔许知言，淋漓墨在纸。安知一瞬间，公行已万里。公心皎如日，公节直如矢。使粤觐天颜，后先取中旨，经年镇海邦，职守俨可恃……古来功罪际，反复无定理。要存精白心，千秋照青史。公尝活万人，出塞应不死……"

1843年春，在更阑烛亦泪的辗转反侧的日子，张际亮得悉姚莹"为英夷诉江南奏劾"，此时，他正好在吴中。想到姚莹如被押解，入京的线路必定经过此地，便在吴中栖迟以待。他其时正生病，小妾蒋氏陪伴在身边。七月，姚莹解京过淮上。际亮执意要陪同姚莹上京都，并打定主意如果姚莹遭遇不测他将鸣台谏求。张际亮于是把蒋氏寄托在朋友处，拖着病体与姚莹一起上京。到了京城后，张际亮四处鸣冤，并代姚莹作《狱中辨冤疏》——中间，他还跑到一位相识的福建籍官员家中，痛斥这位官员上奏给姚莹议罪。

姚、洪二人于八月十三入刑部，时台谏交章论救，而粤督耆英致信京师要员，说不杀台湾镇、道，我辈无立足之地。很明显有人要他们死，只是因为他们的磊落实在是一种对卖国者的羞辱。

皇帝何尝不知道这件案情的始末呢？再者社会时论对姚、达二人不顾个人祸福荣辱有着广泛的同情。道光最后很轻淡地说，台湾事朕已知之，勿庸阅也。当月二十五日，他们就出狱了。

入狱实际上只有12天。然而抱病在身的张际亮到京后四处张罗，不去找医生，而只是自己开方吃药应付着，病体更加沉重。姚莹事白出狱，张际亮大喜，并与姚莹寓居炸子桥杨椒山故宅。

但是张际亮从吴中开始的病没有好好医治，加上入京后病复发，于十月初九日卒，年仅43岁。张际亮去世后，在淮浦的小妾蒋氏听到噩耗后大恸，誓死守节，后来有人劝她改嫁，她就削发为尼进了寺庵。而更奇特的是她的婢女为她的忠贞所感动，竟然也跟着削发相随了。

“急友难”的张际亮之死让人怃然长叹。他怕过海上的风浪，坐船时每祈祷于“天后”林默娘；他的力量有限得可怜，甚至安身立命都不是那么如意——曾有穷得薪米不继九日，以及到大梁后买棉衣保暖不够，靠朋友赠送皮大衣（《赠裘歌》），却以一种担当的身姿行走在姚莹身旁。在友情的定义里，他确实为我们书写了“兄弟”两个字。

张际亮逝世后，姚莹为他主持祭奠、办理殓殡，并携柩至桐城，又派人到福建把张际亮的儿子招来，让他扶柩而回。诗人、书法家何绍基写了一副挽联：“是骨肉同年，诗订闽江，酒倾燕市；真血性男子，生依石甫，死傍椒山。”何也曾于 1839 年与张际亮同游福州东郊鼓山，也曾在燕市谈诗纵酒。

至于“死傍椒山”，指他去世于杨继盛的故宅——北京宣武区达智桥胡同 12 号——因为杨椒山在明末弹劾仇鸾议和辱国的血性一笔而使这一地方成为有责任感有担当的血性男子的地标——有意思的是，“戊戌变法”的前奏曲“公车上书”也是从这里开始的。50 多年后，在郎官巷里曾与张际亮有过某种重叠步履的戊戌六君子之一的林旭，在几千里之外，又与张际亮有了某种合理、又令人吃惊的穿越。而林旭在菜市口被斩首之后，其妻、名臣之后沈鹊应在整理完他的诗集后也坠楼（一说饮药）相从。

大清国走到嘉道年间，注定这个时代的英雄人物，身上多少都带着点悲剧色彩。与好朋友林则徐、姚莹相比，张际亮的人生显不出伟大处。林姚二位都还有在政治上施展才能的机会，身后青史留名，而张际亮，除了诗作，几乎属于“没有作为”的人物。姚莹所以感慨地说：“使亨甫达而在上，风节必有可观者，竟不一第，徒以诗鸣，是可悲也！”也为他只作为一名诗人闻世，空负一身经世学问不为世道所用，赍志以没而扼腕痛惜。

钱穆先生论不成功的历史人物，认为：“此等人乃被其所努力之事业抛弃在外，因而其全心全人格反而感得特别突出。”

这话似可安慰。虽如此，读起诗人张际亮的一生，还是让人怅惘地想到他流过的泪，那些不仅是属于诗人的，也是属于英雄的泪。

陈碧，福建省作家协会会员，《海峡姐妹》采编部主任，近年来致力于闽都文化研究，尤其是地方人物的研究，曾出版专著《大时代的小爱情》《铁血柔情的黄花岗烈士林觉民》，合著、合编《长乐映像》《智者长乐》等。

文汇·短篇小说

逆水船

◎ 练建安

一

闽西7月，色彩斑斓，山谷间层层梯田，粘稻粗壮、金黄，只待下月就可以开镰收割了。粘稻叫“八月粘”。

这是个鸟雀的欢快节日。山田里，鸟雀们似乎突然听得了什么动静，飞蹿半空，在另一处田间落下。它们不怕田头那些虚张声势的稻草人。

申时，红日西斜。达德看到，稻田上空清新而透明，悬浮着百十只飞翔的红蜻蜓。

达德是我家族人物。民国《武邑志》记载：“清光绪二十八年，乡试中式。”

此时，达德背负行囊，行走在杭武交界的上丁径的山路上。他要参加每逢子、卯、午、酉年每三年一次的乡试。这个考试由福建布政使司主持，考试地点设在福州城，具体时间是八月九日、十二日和十五日。这就是秋闱了。

达德必须在天黑之前赶到上杭县城。第二日继续出发，辗转达到汀州府，汇合同仁，取道连城、永安，经沙溪过南平，入闽江顺流而下，走尤溪、古田、闽清、闽侯，抵达福州城，住宿安民巷汀州会馆，准备应考。

谱牒载，我远祖为“岐山侯”。不过，考查方志，却是世代务农，多代挑担。达德公25岁中秀才，连考三科，皆名落孙山，遂半耕半读。闲暇时，捡起祖传的担杆落脚，来往汀江边挑米挑盐。

汀江流域与东南沿海的商品交易，俗称“盐上米下”。米，大致为木材土纸山货稻米；盐，是海产品的统称。

达德幼失怙恃，与年迈多病的老娭毑（祖母）相依为命。此番赶考，正是老娭毑再三催促才成行的。眼看秋谷登场，家里缺人手，他不想再考了。老娭毑说，三满啊，俺昨晡发梦，你考中了，敲锣打鼓的，好热闹哟。

今晡凌晨，老娭毑焚香祷告，惊动了抱窝的老母鸡，咯咯啼叫。老娭毑着惊，重重跌了一跤。

老娭毑歪斜摇晃，端来一碗热气腾腾的河田米粉，卧两颗荷包蛋。天色明亮，一缕阳光透过木窗射入屋内，灶间空气中飘浮着颗粒灰尘。达德怔了一会儿，动起竹筷。

达德走在出村的石砌路上，孤零零地往上杭方向去了。他不敢回头，他不忍看到老娭毑矮小佝偻的身影。

半山亭内，达德遇上了他的少时玩伴石桥妹。石桥妹是粗汉，挑担为生，兀自和一群挑夫歇脚。达德趑趄不前，想闪开。石桥妹叫住了他，三满，长袍马褂的，赶考呀？达德羞红了脸。有挑夫说，三满呀，你力气大，还是挑担稳当呀。达德支支吾吾的。石桥妹从自家的藤饭包里掏出一颗咸鸭蛋，塞在达德的手里，说，圆圆满满的。达德鼻子一酸，道声谢，扭头出了茶亭。

山行大半天，口渴，山弯有一泓清泉。达德蹲身掬水，喝了几口，忽听背后清脆乡音：“甘泉清冽，痛饮可也。”达德回头，就看到了一位二十出头的翩翩公子，绫罗绸缎，折扇轻摇，身边是一个挑书箱的书童。达德起身拱手：“兄台也是前往上杭城吗？”公子说：“早听闻临乡有达德仁兄，也要赶考，莫不是阁下？”达德嗫嚅：“不敢当，凑数的。”公子大笑：“在下罗耀文，也凑个数。”

罗耀文是个神童，8 岁妙对惊倒业师，10 岁熟读四书五经，13 岁考中秀才，为全邑案首。怎么也科场蹭蹬？罗家豪富。传说，林木连山，多过武邑人家饭桌上的竹筷。

他们结伴而行。一路上，罗秀才兴致很高，吟诗作对。达德只是憨笑，不敢多言。

书童挑担，落在最后，见达德灰布长衫有几块长条形补丁，也吟诗了，道："不知细叶谁裁出，二月春风似剪刀。"达德知道这是大唐越州人贺知章的诗句，前两句是"碧玉妆成一树高，万条垂下绿丝绦"。《唐诗三百首》就有。秋七月，也不是吟柳的时节呀，什么意思？罗秀才喝道："顽童，不得无礼！"书童嬉笑。折扇重重地敲打在头上。书童哎哟一声，噘着嘴。达德额头渗出汗珠，见状，苦笑。

傍晚，他们来到了水西渡。这是汀江中游的黄金水路码头，船帆云集，沿河岸摆满了客家风味小吃。罗秀才在"邱记兜汤"的竹棚前停住，拣一张擦洗的木纹雪白的干净条凳坐下，高叫三碗牛肉兜汤。

新鲜牛肉片，以地瓜粉勾芡，入滚水煮熟，佐以姜丝、葱花诸调料。牛肉片悬浮于肉汤中，"兜"住了，是为兜汤。

店家很快就将三大海碗的兜汤端了上来。罗秀才对达德做了个"请"的手势，埋头呼呼喝开了。

书童不敢与秀才对坐，肉汤"兜"在手中，站着喝。

达德皱眉闭目，做头痛状，一手伸入暗袋，摸捏着铜板，迟疑不决，喉结上下搐动，满头大汗。

罗秀才喝完一碗，抬眼见达德一动不动，说："达德兄，喝吧，给个面子，不就是一碗汤嘛。"

当达德慢慢地喝光那碗兜汤时，罗秀才也恰好喝下了第二碗。结账，走人。罗秀才直起身，撑得步履虚浮。

夜宿临江客栈。

清晨，篷船逆汀江上行。

达德原拟沿江走山路。罗秀才说，包租的船，空余也是空余，同赴乡试，路上好有个伴。

船行江上，秋水清浅，船速略为迟缓。罗秀才与达德各自温书。到饭口了，达德婉言谢绝了罗秀才的盛情邀请，说是要自开伙食。达德躲在船尾，吃起薯包子和咸鸭蛋。他说，咸鸭蛋好，圆圆满满的，讨个吉彩。

夜宿七里滩。

深林寂静，江流有声。

月色透入船舱。达德感觉到大家都熟睡了，爬起来，打开包袱，取出一个小土罐，将里头的豆腐渣细心地塞入咸蛋壳。

罗秀才耳尖，睁开了双眼，侧转身，蜷缩在被窝里，鼾声起伏。

天亮了。汀江薄雾茫茫。船开了，继续上行。

书童熬好了大半锅河鱼米粥，遵东家之嘱，盛上一碗，递给达德。达德摇摇头，伸手探向包袱，却摸出了鹅卵石，窘了，再摸，就摸出了那颗咸鸭蛋，笑着说："多谢小哥，俺就好这一口。"罗秀才笑笑，叫书童不必勉为其难。

篷船出杭川官庄，就到了临汀的羊牯寨，过鼋鱼湖、白头漈、梅栖角，靠近羊角溪。此时，又是落日黄昏了。

罗秀才放下闲书《梁野散记》，说："船家，就在此地歇息过夜吧。"

"状元郎，万万不可。"

"为何？"

"有山匪。"

"哈哈，朗朗乾坤，怕什么山匪？"

"他是游山虎。"

"白额吊睛虎又如何？船家，莫不是短了你船钱？"

船头师傅这就不好多说话了，招呼船尾师傅将篷船停泊在枫树河湾。

落日熔金，枫叶似火，江水清清浅浅，沙洲上连片芦苇，荻花随风起伏飞扬。

空中一行秋雁。

“晴空一鹤排云上，便引诗情到碧霄，分明是唐诗，为何叫《秋词》呢？达德兄有何高见哪？”

达德苦笑：“在下不才，不识其中玄机。”

说话间，上游一只大篷船疾驰而下。

船头师傅双膝颤抖，说：“来啦，来啦……”

“砰！”两船碰触。

剧烈摇晃，篷船稳住了。

来船舱里，钻出一条大汉。

大汉说：“哪位是罗大少爷呀？俺家寨主有请。”

罗秀才挺身而出：“俺就是罗某人。”

“寨主有请。”

“可否归途拜访贵寨？赶考哪，兄台见谅。”

大汉提起铁竹篙，猛力插入江中，提起，竹篙尖上，挂着一条泥鳅。

“见面礼。你莫要嫌弃。”

铁竹篙往前一递，抵近罗秀才的胸口。

汀江多险滩，洪水期，风高浪急，载重船只时或出事。民谚说“纸船铁艄公”，意为撑船师傅功夫高强，坚韧如铁。其实，铁艄公手中利器，就是这把铁竹篙。

往年，艄公竹篙在激流中撑击水底石礁或岸边石壁，竹篙头开裂，一裂到尾，其势破竹，竹片断折，危急万分。有聪明艄公想出办法，打制铁箍，套入竹篙头，铁箍尖为尺把长铁钎，形同尖刀。

现在，这把尖刀，在罗秀才的胸口。

岸上，传来孩童哭喊“鹞婆鹞婆”之声。

鹞婆，客家话，就是猛禽鹰隼。

秋日稻田，有家禽觅食。鹰隼盘旋俯冲，叼走了一只大公鸡。

“啪！”

飞石破空，快如闪电。

“啪嗒。”

鹰隼栽落大篷船头，在大汉脚前挣扎。

大汉目光停留在达德身上。

达德斜倚舱门，虚握右拳，似笑非笑。

倒转铁竹篙，点水，大篷船离开了。大家看到，两边船舷，左右各自伸出九支船桨。

罗秀才擦了把冷汗：“船家，快，快走！”

船头师傅掏出烟杆，慢悠悠地说：“游山虎的人，不会再来啦。”

“为何？”

“他就是游山虎。”

二

夜宿枫树湾。

初十二，宜祭祀、裁衣、合帐、冠笄，忌掘井。

晨，汀江白雾茫茫。

民谚说，春雾雨，夏雾热，秋雾凉风，冬雾雪。民谚还说，白雾晴，灰雾雨。这是一个凉风天，也会是个大晴天。

晨雾里，篷船逆水缓缓上行。

昨日历险，罗秀才不知是达德出手相救，他只看到山匪的大篷船突然退去，迅速消失在视线中。为什么？他百思不得其解。他想起了浩然天地正气，邪不压正。

达德还是老样子，吃薯包子，搭配咸鸭蛋。闲暇时，就躲在船舱的角落温书，一本旧书，翻了又翻。

朝阳映照江面，沙洲芦苇蓬蓬勃勃。

罗秀才诗兴大发："蒹葭苍苍，白露为霜。所谓伊人，在水一方。溯洄从之，道阻且长。溯游从之，宛在水中央。"

罗秀才声情并茂的吟唱，没有得到应有的回响。回答他的是船家艄公划水的哗哗声："哗……啦。哗……啦。哗……啦啦。"

罗秀才觉得兴味索然，掀开竹帘，踱入船舱。"兄台看《金瓶梅》吗？"达德羞红了脸，亮开书皮。"哦，《百家类纂》，倒是制艺必读之书。不出去走走？"达德摇摇头。"在下携有《四书集注》，要看吗？"达德还是摇头。罗秀才笑了："兄台不会是被山匪吓傻了吧？"达德咧嘴一笑："那个大汉真的是山匪吗？"罗秀才拍拍达德的肩膀，顺手牵条靠背竹椅子，走出船舱。

罗秀才坐在船舱外，看沿江风景。

顾祖禹《读史方舆纪要》记载："天下之水皆东，惟丁水独南。南，丁位也，以水合丁为文。"道出了汀江名称的由来。

汀江发源于武夷山脉南端宁化县境内木马山北坡，流经宁化、长汀、武平、上杭、永定五县，在广东大埔三河坝与梅江、梅潭河汇流后称为韩江。韩江穿行粤东山地丘陵及潮汕平原，注入南海。

千里汀江韩江，六成流经闽西，沿途百十条大小溪流相继汇入，得此助力，更是波澜壮阔。

光绪壬辰进士、长汀人康泳《漫斋诗稿》有诗《由汀往潮舟中作》："盈盈江水向南流，铁铸艄公纸作舟。三百滩头风浪恶，鹧鸪声里到潮州。"

汀江多险滩。古志记载，从汀江回龙至永定峰市的百十公里水路，就有险滩七十余处，特别有字号的就有：龙滩、乌鸽颈滩、濯滩、白石滩、栖禾滩、目忌滩、七里滩、大磴滩、小磴滩、锅峰滩、三潭滩、伯公滩、剪刀铰滩、上埔滩、下蓝滩、乌虎滩、歧滩、高枧滩、张滩、高车滩、马滩、拖船滩、上徐滩、下徐滩、砻钩滩、大沽滩、长丰滩、新丰滩、南蛇滩、小沽滩、大池滩、穿针滩、马寨滩、小池滩、折滩、虎跳滩、猪妈滩、棉花滩、吊滩、竹篙滩。

罗秀才听闻过许多汀江险滩的故事，“南蛇相会”最为奇异。

南蛇渡位于汀江下游，在上杭县下都乡豪康村往西北。南蛇渡口下游百丈以外，便是汀江著名险滩——南蛇滩。这里，江面看似平静，却暗流湍急，深水处有巨石盘伏，酷似南蛇，“南蛇渡”因此得名。这里时常出现怪异现象，此时碧空明朗、万里无云，陡然间，狂风大作，波涛汹涌，浪高达数尺，逆涌而上如万马奔腾。片刻之后，巨浪消失，狂风也停止了，江面恢复平静。这就是 “南蛇相会”，又称“南蛇作浪”。南蛇渡是设有圩场的，乡人赴圩，就要在这里搭船过渡，谁也不知道什么时候南蛇相会，一旦发生，后果堪忧。当地老百姓就集资在岸上建了一座龙文馆，期望庇护安全。

《上杭县志·山川志》记载：“汀江南蛇渡，滩下有巨石似蛇，匆一日当夏午盛暑，天无片云，陡然浪高数尺，逆涌而上，舟悉离异，人争惊呼。”道光己亥科上杭举人薛耕春作《南蛇渡歌》云：“青天无云浪忽翻，滩波逆上狂风助。”

汀江险峻，其大规模的通航，是宋嘉定六年（1213 年）以后的事。地方史志记载，宋嘉定六年，汀州知事赵崇模奏请漳盐改潮盐，整治汀江航道，潮盐经峰市转上杭。宋端平三年（1236 年）长汀知县宋慈整治汀江，炸石辟七滩，汀江上游可通航至回龙。明嘉靖三十年（1551 年）汀州知府陈洪范炸开回龙滩，至此，汀江全线贯通。

汀州龙门到上杭县城的一段水路，为汀江上游。濯田河、南山河、涂坊河、刘坊河、铁长河、郑坊河、七里河相继流入。

两岸村落，竹林掩映，升起了袅袅村烟。

大清朝龙旗飘摇，内忧外患，闽粤赣边，有多股强人聚啸山林。那游山虎，不过是其中的小喽啰吧。面对险恶，自家凭借浩然正气，斥退强敌，实属侥幸。书童弱小，船家力薄，这些都是情有可原的。那个达德，表面看来是身强力壮，却是如此胆怯，躲在后面不敢出头，见义不为，圣贤之书读到哪里去啦？也罢也罢，人各有志，不必勉强。可是，覆巢之下，又岂有完卵？

罗秀才思绪缥缈，难以抑止。

“哗……啦。哗……啦。哗……啦啦。”

船头师傅摆动铁竹篙，极有章法。罗秀才注意到，左左右右，与船尾师傅配合得严丝合缝，找不出半点破绽。

这个很有意思。

这船头师傅，人称邱佬。上杭“邱半县”，极言邱姓人多，并非说邱姓人丁为全县人丁一半。此犹如武平称“钟半县”。叫邱佬的，多了去啦。

大哥早在半个月前就预定了“泰顺”行的这家篷船。不料，老熟人“旱水獭”临时身体不适，就换了邱佬为船头师傅。这个邱佬，常年行船潮汕，也是前几天刚刚返回家乡。他的家乡话，一点也没有变，讲得呱呱叫。

邱佬是精细人。

昨日，罗秀才写好书札，着书童收拾。

罗秀才的“文房四宝”中，特别得意的是一支产自浙江吴兴县善琏镇的正宗羊毫小楷笔，有黑子，尖齐圆健，书写极为顺手。一般人叫湖笔，罗秀才却称之为“湖颖”。他告诉书童，这“湖颖”大有讲究，其毛取自山羊颈腋之下，一头健壮山羊身上只有四两笔料，带“黑子”的，不过一两六钱。唐大诗人白居易说“千万毛中拣一毫”。罗秀才说，工欲善其事，必先利其器。博取功名，就全靠“湖颖”仁兄鼎力相助啦。

今晨，书童一改常态，显得忧心忡忡。他的目光在篷船内外扫视，似乎在寻找什么。船头师傅邱佬问他找什么，书童说，没什么，很少坐船，看个新鲜呗。

做饭了，邱佬叫来书童往泥炉添柴，悄悄地把一个笔套塞入书童手中。书童高兴得差点跳将起来。他丢失的物件，正是“湖颖”笔套。笔套虽小，护笔关系重大。罗秀才若知此事，还不用折扇敲破他的脑袋呀。

经此事，书童就甜甜地叫唤邱佬为阿邱伯了。

船行浅滩。江水清澈，时或有红叶载沉载浮。江底多沙石，堆拥两岸。有一群河鱼顺流而下，日光下，闪闪发亮。这些鱼，是倒刺鲃。乡人叫鲃子，游速快，难以捕获。

邱佬高喊：“鲃子哪！”

船头、船尾顿时铁竹篙一齐挥舞，击打水面。忙活了一阵子，总算是有所斩获。

达德看到，邱佬的竹篙铁钎上，插着三条鲃子。不错，是三条一串。

看似毫无章法，却是一箭三雕。

此乃强敌。

达德一手伸入了暗袋。

邱佬话语带笑：“状元郎，当昼喝鱼汤哪。”

当昼，闽西客家话，就是正午。

罗秀才说：“贪食误事。快快开船！”

船行江上。

红泥炉，炭火，铁锅。

河鱼，豆腐，葱花，姜末。

又开饭了。

达德躲在船尾，津津有味地吃他的薯包子和咸鸭蛋。

他好像是真的特别好这一口，吃食的动作幅度很大，咂嘴出声。

书童说：“少爷，要送吗？”

罗秀才笑笑：“各人有各人的口味，免了吧。”

就餐毕，篷船又出发了，一路无话。

入夜，篷船停泊濯田。

濯田是汀江上游古镇，有濯田河汇入汀江，此河长达百二十里，大小支溪一百六十条，密如蜘蛛网。

船家守船，达德推说不习惯住店，也留下了。书童挑书箱，随罗秀才上岸，入住客栈。

次日，补充给养之后，篷船上行。

水路漫漫，过兰坊、巫坊、义家庄、肖屋，三洲遥遥在望。

“哎哟，少爷，不好啦，紫玉光不见了！”

紫玉光是宝贝，徽州歙县贡生曹素功“艺粟斋”徽墨极品。其坚如玉，其纹如犀，一点如漆，万载存真。相传康熙皇帝南巡时，康熙帝特赐紫玉光名号。罗秀才托人重金购得一锭，珍如拱璧，单等乡试派上大用场。

罗秀才扔下书本，急忙问：“你说什么？”

“少爷，紫玉光不见了！”

罗秀才顿时感到一阵眩晕。他想起了五天前的事，武邑县城老友李半仙给他起了一卦，判曰：“凤凰过小河，此去多风波。金榜不题名，失却紫玉光。”李半仙神算，闻名闽粤赣边。问他如何解释，李半仙神态严肃，说：“天机不可泄露也。”罗秀才不敢造次，一再叮嘱书童，宁可失去万两黄金，也要看紧文房四宝。不料，怕什么来什么，紫玉光不见了。

邱佬明白事态严重。行规有言，船不漏针，店不失货。客人宝贝在自家篷船丢失的消息，一旦传扬出去，这汀江韩江上下千里，就再不会有他邱佬的立身之地了。于是，邱佬发狠，提出搜船。

篷船是你家的，你爱搜就搜吧。

晓事的都知道，那是项庄舞剑，意在沛公。

谁是沛公呢？

里里外外搜查，梳理了多遍，就是不见紫玉光的踪影。

“金榜不题名，失却紫玉光。”这不是胡说八道吗？达德很不以为然，移步坐在船头看书。

“达德先生，达德先生。”

“哦，是船家，有事吗？”

“可否让小的，看看您的包袱？”

“瓜田李下的，确实说不清。你先过来搜身。”

“不敢。不敢。”

“过来。搜！”

达德站立船头，张开双臂。这邱老还真是个细心人，达德浑身上下，连发辫也被精心摸捏了两遍。

一无所获。

达德说：“打开包袱吧。”

邱佬疾步上前。

打开包袱，有一套换洗衣服，十余两碎银子，一把铜钱，两本书，一颗咸鸭蛋，一个土罐子。

“船家，休得无礼！”罗秀才见状，大为不悦。

“状元郎，跳入汀江也洗不干净呀，您就可怜可怜俺吧。”邱佬带有哭腔。

达德说：“是俺让他搜的。不碍事。清者自清，浊者自浊。”

邱佬说：“达德先生，可否让我查看一下土罐？”

达德说：“为何？”

邱佬说：“随便看看。”

达德说：“不可。”

邱佬说：“俺非得要看呢？”

达德一字一顿：“你试试看。”

邱佬倒退两步：“不敢，不敢。”

罗秀才拊掌大笑：“达德兄哪，不要与船家一般见识，不就是一锭微墨吗？什么紫玉光不紫玉光的，胸中有墨水，下笔有文章。不过，在下倒是愿意出价百两纹银，赎回此物。”

达德收拾好布包：“百两纹银吗？”

罗秀才喜上眉梢：“正是，决不食言，有银票在此。”

达德推开罗秀才持银票的双手，说：“寒生眼拙，恕不奉陪了。”

说完，达德瞅准一块江心礁石，跳上去，三跳两跳，上了江岸，片刻不见踪影。

罗秀才看呆了，喃喃自语：“这位兄台，真人不露相，看样子还会一点功夫呀。”

三

达德走了。

罗秀才有些失落与感伤。他之所以拿出百两银票，是想借此“引蛇出洞”，种种迹象透露，船家最为可疑。他深知达德此人淳朴，不该是“偷盗”之人。他那土罐子装有豆腐渣，是他的面子，绝不可戳穿。不料，达德误会了。其实，汀州城罗记木纲行，尚有一锭同款紫玉光。李半仙断语提醒了罗秀才，五日前，他就留了一手。

篷船开拔，逆水上行。

“你有情来呀俺有意啊，毋怕山高啊水又深哪。山高自有喂人开路呀，水深还有喂造桥人哪。”

船头师傅邱佬唱起了山歌，嗓子实在不咋的，颇为刺耳。

罗秀才说：“船家，你喝酒啦？看看人家船尾师傅。”

确实，船尾师傅撑船技艺娴熟，吃苦耐劳，一路上，赤脚葛衣大斗笠，沉默寡言，安安静静的，你甚至感觉不到他的存在。

邱佬赧然一笑：“好，好啊，不唱啰。”

过小潭、陈坑、河田、桥头坑、大塘背、排里、河龙头，很快就要到达汀州城郊的石燕岩了，汀州卧龙南屏山遥遥在望。

这一河段，临近汀州城，下行船排渐渐增多。邱佬挥动铁竹篙，小心翼翼地回避来船。

一只装载土纸的篷船顺流而下，它的船头师傅对邱佬打了个“噢嗬”。

长路难行，途中寂寞的人，会忍不住打一个“噢嗬”，以求得同行者响应。

“船家，你可认得此人？”

“不晓得。”

“怪人。”

“怪人。”

日近黄昏，篷船越往上行，沿岸树木越是繁密，而船排越是稀少。

石燕岩下，篷船停了下来。

邱佬蹲在船头，掏出旱烟杆，装上一锅，火镰取火，吧嗒吧嗒吸烟。他不走了。

罗秀才问：“为何不走了？”

邱佬吞吐烟雾，不理睬他。

罗秀才：“说吧，要加多少银子？”

“嘭，嘭嘭。”

邱佬只顾将旱烟杆敲打船舷，清理烟灰，还是不理睬罗秀才。

罗秀才提高了嗓门：“你们想干什么？”

“罗大少爷，你说呢？”说话的是船尾师傅。也不知道什么时候，他悄然来到了船头。

船尾师傅取下斗笠。罗秀才看清，他长着一张清秀的脸，目光炯炯。

船尾师傅伸出一只拳头：“罗大少爷，猜猜看，里面是什么？”

罗秀才："无聊。"

船尾师傅："怎么会是无聊呢？"

罗秀才："无聊之极！"

船尾师傅摊开手掌，掌心赫然有一锭徽墨——紫玉光。

"狗贼！"

书童扑上前去。

邱佬摇动铁竹篙，拍在他的肩窝。

书童不能动弹了。

"阿邱伯，您，您……"

"想活命，你就闭嘴。"

罗秀才的前额，冒出了冷汗。

船尾师傅说："大少爷，俺有一事请教，有人说，徽墨，徽墨，坚硬如铁，是不是啊？"

罗秀才说："其坚如玉，其纹如犀，一点如漆，万载存真。"

"哈，哈哈。"

船尾师傅笑了，握拳，运劲，张开手掌。

紫玉光化作一堆粉末。

江风吹过，粉末飘散，带着阵阵馨香。

罗秀才脸上大变："你，你是谁？"

邱佬吸足了烟，站起，走过来，说："状元郎，朗朗乾坤，你是不怕游山虎的，他就是。"

船尾师傅说："可笑啊可笑，世人皆知鸮婆寨的威名，可是，谁又能料到，临近汀州府的石燕岩，也是俺们家的山寨呢？大少爷，烦请移步，请吧。"

石燕岩林木深处，有偏僻石洞。石洞深广，重重设卡。罗秀才和他的书童，黑布蒙眼，反绑双手，被"礼请"到了这里。

揭开黑布、松绑，罗秀才险些跌倒。

邱佬说："状元郎，贵府是武邑首富，连山林木，赛过武邑百姓饭桌上的竹筷。您的亲大哥在汀州城就经营打理了罗记木纲行，上半年就有十五批木排下潮州，收入不下两万两纹银。俺也知道您要到福州城赶考。兄弟们不是要吃饭嘛，俺不误您的大事，就向贵府借一万两吧。这也是俺们家寨主的意思。您看怎么样？"

罗秀才沉默。

游山虎说："修书一封。此地往汀州城，快马来回，也不过半日行程。钱到放人。误不了你们赏月聚会。否则，道上的规矩，你是懂的。"

武邑考生于七月十五日聚会汀州会馆，赏月吟诗。然后，结伴同赴省城。这些情况，看来，也被山匪打探清楚了。可见其蓄谋已久。

罗秀才说："家家有本难念的经哪，大王可知罗某家事？"

游山虎冷笑："岂能不知？你家老爹早年在两江做官，致仕还家。你并非嫡出，是庶出。兄弟两人，大姊远嫁梅州。你大哥怕老婆，你那大嫂的娘家系本县名门望族，泼辣得很。你是罗氏家族状元郎，是要光宗耀祖的。你大哥大嫂纵是对你有小九九，也断断不敢让俺们撕票，开罪族人。俺们要一万两，不算多。"

罗秀才长叹一声，答应写信。

书信是由邱佬与书童同骑一匹快马送去的。书童的作用，是证实事态的严重性。入夜，掌灯时分，汀州城武邑木纲行的深宅大院里，罗总理客气地接待了邱佬这个山上来的特殊客人。他看过老弟的来函后，入内室与妻子商议，商议的结果是近日现金不足，先付一半五千两，恳求放人，下月派人上山，补足余额。罗总理说，若是鄙人言而无信，得罪了大王，八百里汀江水路，就是处处陷阱。生意，就不要做了。

这老大的用意多半是借刀杀人，独吞家产。邱佬佯装不知，当即收下五千两银票，留下书童，趁月色快马加鞭赶回石燕岩。

游山虎验看银票，觉得其中有诈，押解罗秀才，率一干喽啰即刻转移。

石燕岩山脚，是大山坳。

月色朦胧，山风飕飕。

游山虎似乎听得动静，人马急停。

“啪！啪！”两块飞石打中罗秀才左右膝盖。

“哎哟！”罗秀才尖叫一声，扑倒在地。

忽听弓弦声连声骤响，箭似飞蝗，从四面八方攒射山坳。

箭响，叫喊声。

叫喊声，箭响。

狼藉遍地。一切都平息了。

火把齐明。汀州府快班铁捕头率上百名捕快持刀围聚山坳。

达德飞奔，抱起罗秀才。

火光中，罗秀才流下了热泪。

练建安著《客刀谱》记载：“闽粤边界有两村，世代通婚。正月初三日，上午亲家，下午冤家。上午两村互访，庆贺新年。下午，酒后各自返回，隔河飞石大战，多有伤者。此习俗沿袭数百年。盖源于此地兵凶战危，家族结寨自保，苦练武功。又谓两族祠堂为虎形象形，虎象相争，不斗不发。”

达德为飞石高手，禁止出场。

练建安，中国作家协会会员，福建省传记文学学会创会副会长，《台港文学选刊》主编。出版《八闽开国将军》《千里汀江》等专著，获中国新闻奖副刊编辑奖、福建省重大文艺创作项目库最佳剧本奖等奖项。

格桑花的眼睛

◎ 林朝晖

战斗班二期士官班长黄天明退伍离队的前一天，接替他的新任班长刘一山端来一盆热腾腾的洗脚水。

“班长，明天你就要离开部队了，我想为你洗一次脚。”刘一山不管黄天明愿意不愿意，硬是把他的脚往热水盆里拖。

黄天明的脚尖刚触及热水，就觉得有股暖流从脚底一寸一寸地漫向心扉。

“班长，还记得你给我洗脚的情景吗？”刘一山的手紧紧地攥着黄天明的脚。

刘一山的话把黄天明的思绪拖回到一个雪花飘飘的日子，那天，刘一山训练把脚扭了，班长黄天明知道后，给卧床的他端来一盆洗脚水。

听说班长要给自己洗脚，刘一山慌了手脚，他想推辞，但班长有力的手已牢牢地抓住了他受伤的脚。

班长说：“医学典籍有记载，人之有脚，犹似树之有根，树枯根先竭，人老脚先衰。所以洗脚有益于身体健康，在高原当兵，更不能亏待了自己这双脚。”

班长边说，边把刘一山的脚轻轻地放进热水盆里。

热水盆就像一块磁铁，把刘一山的脚深深地吸引住了，他能感受到黄天明长满茧子的手在自己扭伤部位轻轻地揉。

黄天明边给刘一山做按摩，边打开话闸：“新兵蛋子，我们哨所风雪大，你们这些南方人，走路可要悠着点儿，千万要小心，以免滑倒滚下山崖。”

新兵刘一山是南方人，怀着一腔热血到西藏当兵，他所在的哨所面积仅40多平方米，哨所高悬在十分陡峭的山顶上，悬空的地方用水泥柱和木料支撑着，官兵们称其为“雪山高脚屋”。

听完班长的唠叨，刘一山眼里顿时涌动着晶莹的泪水。

“想家了吗？”黄天明轻声问了一句。

刘一山点了点头，蓄在眼里的泪水悄悄地滑落了下来。

“雪山高脚屋”哨所位于高山上，那里冬天的含氧量只有内地的50%，夜间最低气温可达零下30多度，经常是里外皮衣皮裤，晚上下哨回来，钻到被窝里个把小时暖不过身子，作为一名从和风细雨中走来的南方兵，刘一山实在受不了这样的苦，夜静更深时，想家的念头就像决堤的海水，朝他汹涌扑来。

看到刘一山一脸的泪水，黄天明不再说话了，他的手慢慢地加大了劲，尤其是他的大拇指，就像一根针刺进刘一山疼痛的穴位，使他产生痛并快乐的感觉。

“我也来自南方，刚来的时候也想家，时间长了，便慢慢习惯了。”

黄天明看似无意的一句话拉近了两人之间的距离，刘一山把心里话毫无保留地告诉给了黄天明，黄天明像大哥一样耐心细致地替刘一山解开心头疙瘩。

“你是块璞玉，经过雕琢一定会放出光芒。”洗完脚，黄天明意味深长地搁下一句话。

那天晚上，刘一山躺在床上，细细品嚼班长的话，只觉得有股暖流从脚底通遍全身……

刘一山开始为黄天明洗脚了。黄天明的脚背、脚底长着厚厚的老茧，刘一山的手从老茧面上滑过时，觉得老茧像枪膛里的子弹，饱满且有刚性，他抬起头，再次打量朝夕相处的班长。

黄天明大块头，挂一张黑黑的糙脸，操一副野性十足的野嗓子，刘一山刚到中队时，见到他，还以为撞上了黑猩猩，看到刘一山惊慌失措的模样，黄天明禁不住咧嘴一笑，露出一口的白牙，黑白在那一刻，显得如此分明。

今天，刘一山给黄天明洗脚的时候，他重新仔细打量着班长，发现班长其实长得很阳光，他的脸虽然黑，但黑得健康，脸上的皱纹，纹路清晰棱角分明，富有男子汉的阳刚之气。

在中队，黄天明军事素质最好，他的擒敌拳出手又狠又快，跑起步来，就像一阵风，把其他的战友远远甩在身后。黄天明还有个绝活儿，在单杠上做练习，能一口气做60个大回环，而且动作轻松自然，如行云流水，看得新兵眼花缭乱大呼过瘾。

平日，黄天明是所有班长中最严厉的。他带的兵比其他班早出操，晚收操，而且对队列的动作要求特别严格，以至于手下的兵给他起了个“日本鬼子”的绰号。在黄天明带的兵中，他对刘一山的要求比其他战士更严，刘一山如果做错了队列动作，或者想偷懒，挨黄天明一顿训肯定少不了，训完之后，黄天明还要给刘一山开“小灶”，让他一遍又一遍地重复练正步走，操场上刘一山摆动着双臂，腿肚子的肌肉一会儿就又酸又痛，随着正步的节奏，刘一山能听到自己浑身的关节都在叭叭地响动，收操的时候，他时常瘫倒在操场上，大口大口地喘着粗气。

其实，冰层的下面也有暖流。每次黄天明训完手下的兵，都背着手扬长而去，可走到拐弯处，他总要回过头，定定地望着被他训过的战士，目光里流淌着温情，如果被训的战士痛哭流涕，黄天明会走上前，轻轻地拍拍他的肩膀说：“没关系，下次改正了，还是个好战士。”

这种关怀就像润物细无声的春雨，滋润着战士的心扉。战士们都把黄天明当作自己的贴心人，刘一山也不例外，尽管他挨训最多，但每次训练结束，他总是嬉皮笑脸地靠上前去，与黄天明套近乎。

“刘一山，你真的不恨我？”黄天明问。

刘一山摇摇头。

“为什么？”

“班长，现在社会上流传这么一句顺口溜：‘打是疼，骂是爱，不打不骂不相爱。’你这么骂我，其实是希望我成才呀！”

“你这兔崽子，贼得很。”黄天明抬起脚，轻轻地踢了一下刘一山的屁股。

刘一山说得不假，黄天明确实最心疼刘一山这个棱角分明的兵，他认定刘一山是块璞玉，只要好好雕琢，一定会发出亮丽的光芒。黄天明确实很有眼光，他复员后，领导经过反复斟酌，最终决定由刘一山接替他出任战斗班士官班长。

刘一山洗脚的手逐渐从脚底移向了脚背，他手上的力气开始加大，手法虽不够专业，但专注认真，把浓浓的战友情全部凝聚在一揉一按之中，黄天明的心顿时变得温暖湿润，他的嘴轻轻地哼起了家乡歌谣，目光悠悠地飘出窗外，落在中队操场边的那株格桑花身上，此时，虽不是格桑花盛开的季节，但傲然挺立在风雪中的它如同瘦瘦的剑刺向天空，一朵朵漫天飞舞的晶莹雪花环绕着它，似乎在诉说着什么……

黄天明刚到高原当兵时，和其他新兵都倍感孤独，白天，在他眼里什么都是白的，白色的天、白色的雪、白色的山，那时的他多么希望见到绿，哪怕是一抹淡淡的绿色，也能点燃心中的火苗。为了实现这个小小的愿望，好多战士都会利用休假的机会，不远千里从内地带来各种花木的种子，虽然满怀希望地种下去，但收获的却都是失望。记得有位老兵曾把家乡见土就扎根的槐树籽带来种下，然后每天精心培土浇水，待到几十天过后，却发现依然全无动静。性急的他径直翻开土壤，却发现种子一个个全瘪了，气得他拿拳头直往硬土里砸……

去年冬天的一个早晨，正在用雪洗脸的黄天明，突然发现对面山上似乎有一株格桑花在风中飘摇，欣喜若狂的他悄悄穿上笨重的大头鞋、皮大衣，携着战备锹向雪山出发，当时他只有一个想法，无论如何都要把那株格桑花移植到中队哨所来。

为了实现美好愿望，刘一山整整一个上午都在雪地里走着，摔倒了爬起来，再倒了再爬起来，总算走近了那株格桑花，那是开在雪山悬崖上的格桑花，它那瘦瘦的腰杆上挺着一朵坚实的花儿，花儿在凄厉的北风中、在飘荡的白雪中傲然绽放。

黄天明用铁锹小心翼翼地把格桑花连根挖走，带回中队，并在花盆里种下了那株格桑花……

刘一山的双手在黄天明脚背按、揉、扯、压，黄天明的身心随之彻底放松。他闭上双眼，一副心醉神迷的模样儿。

“班长，想心事了？”刘一山问。

黄天明“嗯”了一声，不再说话。

“你能不能给我再讲一次你的爱情故事？”

“你不是听过了吗？”

“我还想听。”

黄天明睁开双眼，点上一根烟，爱情故事随着烟雾轻飘飘地漾出。

中队操场边那株格桑花盛开的时候，黄天明的女朋友晓雪来部队探望他，晓雪来时并没有和他通个气，她只是到了所在部队的山脚下，才给黄天明打电话，黄天明和战友们兴冲冲地把她接到军营里，晓雪在中队转了一圈后，脸色灰暗了下来。

原来，两人谈情说爱的时候，黄天明为了能拴住晓雪的心，编了许多美丽的谎言，比方说他所在的部队环境如何的优美，条件如何的好，他的待遇如何的高。现在，当她看到中队条件如此艰苦时，她有一种被欺骗的感觉，愤怒的她决定下山。

晓雪下山的时候，黄天明为她送行，晓雪在前面默默地走着，她不愿意开口说一句话，黄天明知道晓雪是个聪明的姑娘，她之所以不责备黄天明，那是因为她不愿在黄天明流血的伤口上再撒一把盐。

走到半山腰的时候，天上忽然布满了阴云，气温骤然下降，并刮起了大风，凭直觉，黄天明知道暴风雪要来了。果然没过多久，大雪飘飘扬扬地落了下来，风越来越大，天气一下子冷了下来。作为一个出生在南方的姑娘，晓雪从来就没经历过这么大的雪，她行进的速度慢了下来，看到她晃晃悠悠的样子，黄天明想上前扶她，却被她拒绝了。

雪越下越大，天越来越冷。当厚厚的雪压在晓雪脆弱的肩膀上，她晃了晃身子，“扑通”一声倒下了，黄天明急忙扶起她，冻得嘴唇发抖的晓雪用赌气的口吻说：“你别管我。”

此时，黄天明如果抛下晓雪，就意味着她的死亡，这是他无论如何都不能接受的。紧要关头，黄天明不管晓雪愿意还是不愿意，硬是把她扶上自己宽厚的肩膀。

现在，黄天明每行进一步都感到吃力，雪厚路滑，加之寒风劲吹，气温陡然下降，黄天明的双手变得有点儿僵硬，脚开始麻木，但他还是一边走，一边攒足劲儿给背上的晓雪讲故事。

路上的雪越积越厚，有的地方没过了膝盖，黄天明好几次摔倒在地，每次摔倒，他都咬咬牙，硬是站了起来。

白皑皑的雪地上留下一行弯弯曲曲一深一浅的脚印。

暴风雪还在下着，空中飘荡着干燥的雪花，伏在黄天明背上的晓雪呼吸越来越细，心跳也越来越弱。

黄天明顿时急红了眼，他知道晓雪一旦睡去，就有可能永远离开这个世界，为了让她保持清醒状态，黄天明忽然大声喊道：“晓雪，你看前方有一株八瓣格桑花！”

晓雪睁开惺忪睡眼，循着黄天明所指方向望去，前方果真有一株八瓣格桑花挺立在风雪中。

“看到了吗？”黄天明大声问道。

“看到了。”晓雪轻声应答道。

“晓雪，你知道在西藏流传着八瓣格桑花的传说吗？”

“没听过，说出来听听。”

“在西藏，流传着这样一个美丽的传说，不管是谁，只要找到了八瓣格桑花，就找到了幸福。”

“真有此事？”

“真的。”黄天明大声应答道。

晓雪不再说话了，把脸轻轻地靠在黄天明的脖子上。

继续走了一段路后，黄天明又听到背上的晓雪在打哈欠，他便再找一个话题：“晓雪，你在中队转了一圈，有没有什么东西吸引你的目光？”

“放在操场边的那株盛开的格桑花格外扎眼，我喜欢。”

“晓雪，你知道那株格桑花里藏着秘密吗？”

“什么秘密？”

“格桑花里藏着眼睛。”

“眼睛？”晓雪瞪起双眼。

“对，中队战士一双双眼睛都藏在格桑花里，他们现在正注视着你，相信我们的爱情一定能结出果实！”

“真的？”

“真的！”黄天明的声音如同滚雷。

雪仍在下。

“晓雪，你爱我吗？”黄天明继续问道。

晓雪不语。

“晓雪，你爱我吗？”黄天明提高了嗓门儿。

晓雪轻轻地拧了一下黄天明耳朵，轻声道：“刚才不爱，现在又爱了。”

“为什么？”

“因为你是个有担当的军人！”

这一刻，两人又恢复了谈恋爱时的甜蜜，你一言我一语地说起了情话。

雪终于停了。

来到安全地带后，当黄天明将晓雪从背上释下，晓雪忽然抬起头，深情地眺望高山顶上的哨所。

“你在看什么？”黄天明问。

“我在看格桑花。”

“小傻瓜，哨所离我们那么远，怎么看得到格桑花？”

“我看不到格桑花，但我可以看到藏在格桑花里的眼睛。”晓雪眼里的泪水悄悄地流了下来……

“后来呢？”刘一山问。

“后来，晓雪嫁给了我，这个结局你不是早就知道了吗？”黄天明的脸上漾出幸福灿烂的微笑。

“可我还是想听。”刘一山一边使劲按摩着黄天明足部的穴位，一边抬起头望着黄天明，他发现黄天明的眼睛里静静地卧着一株格桑花。

刘一山的手指揉到了黄天明脚部的老茧，黄天明感到有一股暖流透过老茧厚厚的皮肤润进脚底的毛细血管，继而顺着血管慢慢地向上移，最后润进他的心扉，黄天明深深地吸了口气，全身放松，尽情享受美妙的感觉。

班长这副如痴如醉的表情让刘一山很受用，他的手继续有力地按摩，不知不觉之中，黄天明脚上所有穴位刘一山都按过了，此时，盆里的水已没了先前的温度，黄天明明白，刘一山已替他洗好脚了，这一刻，黄天明的心头忽然涌起淡淡的酸楚，他用忧伤的口吻说：“铁打的营盘流水的兵，我走后，真不知什么时候才能再见到你们。”

黄天明的话一下戳到刘一山的痛处，他默默地替黄天明擦完脚，尔后掀起自己的军装上衣，用自己的胸脯捂住黄天明的脚。

黄天明惊讶地瞪大双眼望着刘一山，他不知道刘一山的葫芦里究竟装着什么药。

“班长，还记得你为我捂脚的情景吗？”刘一山的眼角滑出了泪水。

黄天明点了点头。他想起了一个寒冬的深夜，刘一山下哨时，天空忽然下起了大雪，在回营房的路上，不小心摔了一跤，全身湿漉漉的他回到营房后，赶紧把军装脱下钻进被窝，当他在被窝里冷得直哆嗦时，忽然有一股暖流顺着脚底缓缓地涌向心扉，抬起头，只见黄天明敞开衣服，将自己温暖的胸脯紧紧地贴在刘一山冰冷的双脚丫上……

“班长，我也要让你体会一下胸膛的温度。”刘一山抽搐道，“我们中队的官兵都舍不得你走，你走后，一定不要忘了我们，格桑花盛开的季节，你要回中队来看我们，看看那株盛开的格桑花，感受一下我们胸膛的温度。”

黄天明眼里涌动着泪水，他硬是咬着牙，不让泪水流出。

黄天明走了，没过多久，他给刘一山写了一封信，信就寥寥几句：我已到地方工作，闲着的时候，我时常站在高处往中队所处的地方眺望，虽看不到格桑花，但却能看到藏在格桑花里的眼睛，以后，我找个时间，带嫂子去看你们。

刘一山给黄天明的回信很简洁：班长，你虽然走了，但你却把注视我们的眼睛搁在格桑花里了，无论你和嫂子什么季节来到哨所，格桑花都会为你绽放出最美的花朵！

林朝晖，中国作家协会会员，发表军旅题材作品100多篇，曾有中篇小说被《小说选刊》《小说月报》转载，出版小说集《英雄的走向》，长篇小说《心结》《飞翔的白鸽》《我的兄弟我的兵》《寻找红军爸爸》等，现供职于福州市文联。

文汇・诗歌

诗五首

◎ 刘小龙

海岸边余响铮铮的龙骨

一艘海船的容颜
历沧桑而老去
感谢沙滩多情的挽留
直挺挺地躺在涛声之上
不再随风俯仰
这是一生航行最后的美好
凝太阳之火给以的刚
含月亮之水给以的柔
卸下虚华的皮囊
才见一副余响铮铮的龙骨
裸裎于岸边纵览春秋

在滔滔的尘海岸边汹涌吟哦

总在滔滔的尘海岸边汹涌吟哦
浩浩荡荡，只是悠悠岁月溅起的飞沫

把波浪翻叠成数不清的洁白花朵
向大地作一场永不改初衷的诉说
熙攘喧嚣中纵任自己寂寞无边
轰然奔啸或喑哑静默，原来都是别无选择
潮涨了喜，做一朵浪花在阳光下跳跃
潮退了乐，做一滴水珠在礁石上闪烁

精卫填海

海水是柔情的恣意泛滥
贪玩的女娃溺死了自己
她迁恨于那些貌似坚硬的石头
像所有男人并不能满足她的欲望
于是，她化作精卫鸟
把山上的石头
一个个衔过来投进海里
好跟她的魂魄一起玩够
起初，人们以为精卫在填海
后来终于发现，千千年过去
海并没有被填平
而那些被沉入水里的石头
前仆后继，都成为百孔千疮的岩礁
一种神话期待海枯石烂
波浪涌动天长地久的殇

海茫茫，每天总是颠簸着出发

海茫茫，每天总是颠簸着出发
渡过弱水三千，放不下一种牵挂
回头望去，才悟得
远远的彼岸才是今生的家

越靠近它，风浪里的船倾斜越大
而笑容或眼泪原来一样抵达
都说那里无尘无梦
宁静安详，没有喧嚣只见繁花

蓝　尘

我是卑微的一粒尘
飘在海面的一粒尘
我被海水染蓝，有了梦的色彩
又被海风吹起，有了飞扬的歌声
还有血的热，情的柔，那是
太阳和月亮的馈赠，我很感恩

我是一粒蓝色的尘
不管被风吹得多高带去多远
哪天落下来，只想与大海相融
选择一种最后的单纯和洁净

躲进茫茫沙滩，或珊瑚丛里

再也无影无痕

刘小龙，中国作家协会会员，先后在海内外发表诗作1000多首，出版新诗集、旧体诗词集、歌词集和散文集8部。

诗五首

◎ 赖　民

祖国，魂灵的流深

只是一泓潺潺脉动的泉水
月光遗世开阔了空明
微笑醺了怜惜的容颜
清荷簇拥着绯云
枝柯劲节长满了诗韵
点滴入耳满是婉转的清丽

只是在地底扎下的深根
潇潇飘逸依依垂荡
拂过水上扬波
沧浪追逐恬静的天空
看山高水更高
风鹏正举

走过时光的河流
甩下浮藻飘萍泥沙沉积

许鱼翔悠然　从容摇曳
过往的云烟飘散
无须仰人傲睨

从此尘世的浮嚣
蔚成心灵的宁谧与清澈澄静
爱恨情仇都不过一瞬间
任他白云苍狗缘起缘灭

尽管风中浮云还在飘荡
大海的浩渺还在澎湃
铅华洗尽怒放着
生命的安详
傲凌的风骨
韧性的气节

远处的歌声袅袅徐来
那低吟浅唱的是谁
魂灵流深
唯尘世溢彩中最美的姿态

君山望晴

那东海的水
把幽蓝都细细揉搓
锃亮如镜

君山隐没在青鸾

岚气迎面扑来
忍不住面北眉南
恰似红酥手抚过
挽起了相牵挂

晓风残月晴霜清昼
又一场心事悠悠
绾住轻柔
惊回好梦

无法想象您
可以终日为我凝眸
温存着寒冷的季节
笑时眼生花脸烘霞

渐渐地
向绿荫深处
把归舟的缆绳
泊在心的港湾

泊澳前猴山

昨天的日头有点儿毒
汗蒸的小意味

如此的繁芜
拗不过善变的情绪

车尘碾过坎坷
山路与心一道颠簸
夜幕撕扯得乱麻
宛若乱世奔波

天微凉，日也微茫
景物脍炙人口
美丽渐次癯瘦成廓
囫囵成意识模糊

一幅青绿曼妙
让黑夜中昏花老眼
迷失于峋嶙崛骨
与峋嶙斑驳的思想

为什么风不抚平
心的延绵起伏
不给我一双明眸善睐
让眼前台湾海峡生动
更加宁静澄澈
让一梦之间倏忽
发现夜已觉醒

钟门断想

时光的脚步
颇有些许的遒劲
踩在夕阳的薄如蝉翼
黄昏落日辉煌

猫头垅的古榕虬枝悠然
通体以魏晋风骨的姿态
那只老树昏鸦
不知道飞到哪儿去了

传说玉树临风的琉球驸马
与那霸府大夫静静思忖
沐浴着岚岛的天风海涛
据称夜晚还时常发出悲怆

北宋的风云那么温婉
柔情得有点儿糍粑
只是剽悍的渔人以海山鼠
或者猫缆船，大洋阔面棹歌远逸

唐宋驿马如何踏碎
梯云石蹬的灼灼嫣红
千年古军道蹄声鲜活的韵辙

淹没在历史的杂草荒树

连街澳旌旗屏蔽星野
战篷逶迤出一脉粗犷
一首慷慨激昂的壮歌
坠落在嘉靖抗倭的烈火

我们且行且顾
石钮钟响的铿锵
沉浸在涛声依旧
一念悲壮半阕豪放

壳丘头回眸

倚鹿而顾
鱼，网在几何形的陶
温情翕动美丽的尾翼
诗意栖息在樟江溪畔
上攀湖边长江澳旁

黑发水中涟漪
独木舟唱晚
弯湾澳归来
伊人的目光
燃烧在桨影橹声
与骨簇凌厉的尖锐

骨笛的温柔
汇成多元的交响

渔猎渔耕的男女
篝火散发荷尔蒙
草寮里恣意亢奋
吼声撕裂夜幕
裹挟猎猎的风暴

我持贝耜
深耕心田
一袭龙舌兰的裙摆
唱和着贝螺的恢宏玉玦的玎珰
招展婀娜风情
灵肉瞬间崩溃

七千年的云卷云舒
沉在心底
是曾经的沧海
桑田的阡陌

找不着北了
陷落风云诡谲
前行无不沼泽
何时擦亮目光如炬
让天蓝让海静

让大地青葱

让心中的你

一笑一颦

吹响心房上瓦楞的茅草

风牵动你的衣袂

将你揉软揉细揉碎

揉进思想每一次的纷飞

赖民，福建省作家协会会员，福建省民间文艺家协会会员，福建省政协文化文史与学习委员会文史研究员，福州市中共党史学会会员，福州市戏剧家协会会员，平潭社会事业局原文体处主任科员，2016年度平潭“最美文化工作者”。

夜三题

◎郑　攀

只有黑暗不会被偷盗

每一个深夜都令我感动
这时分，哪怕疼痛，孤寂也可以
弥合所有无须挽留的疤痕
白天匆忙而焦躁的脚步声
被一只夜蛾带走
焚尽在那枚渴望挣脱寒冷的烛光中
生命各自包裹，独自漫游

这时分可以回放，可以
倾听那些早在夜幕来临之前
被切割成无数碎片的光明的声音
此刻安心着，区分破灭与眷恋
呐喊与倾诉
它们不同的音符与节律
安心着，知道我的手心有你的手

知道只有黑暗不会再被偷盗
在没有星星的屋檐上
我抖落情感蓬勃的羽毛
用不被窥探的勇敢
裸露出思想所有的皱纹
检视依然在内心喘息的
每一份柔弱的坚守

月光短暂归来

远处喑哑的琴音
在黑的光深处飘浮
寂凉的藤萝，一寸寸爬上脸庞
远处有雪，纷纷开着矜持
藏匿了一些什么，在枝头
那般隐约，又独自温婉

严冬总是不断拉长着寒夜的隧道
你与我，徘徊各自的一端
像藤萝，像雪
像敷着冷的暖
像不肯放弃的眼神
穿游在隧道深处的黑的忧伤

然而，吾爱
每当我想你的时候

月光都会短暂归来
那么美，宛若依然青春时光
使我轻轻燃起一支蜡烛
看着你的眼睛，读我的诗行

微风穿过我的鳞片

月将圆
蓝色的天幕
被挂上无边宽广的穹弯
穹弯的河流上
有穿着翅膀的鱼
在列队慢慢飞过

今夜没有不安
灵魂陆续打开各自的栅栏
远处的战火没有飘过来
哭泣没有飘过来
蓝色的天幕下
只有唱着情歌的落日朗

夜晚如果足够安详
就可以愈合白天所有的苦难
无边的蓝色里，月正圆
微风穿过我的鳞片
带上我的体温

落在了你的唇间

郑攀，福建省作家协会会员，早期作品散见于《星星》《飞天青年诗报》及地方刊物等，曾在《雪梨快讯报》撰写诗歌、散文、杂文专栏，出版诗集《自由穿行》《牧马而去》《情怀中出没的幽灵》。

文汇·散文

古民居，留存的念想

◎ 黄锦萍

是谁丢弃了古民居，让荒草萋萋替代了昔日的繁华？

是谁告别了古村落，离开时挥一挥衣袖，发誓没有衣锦还乡不再回来？

很多古民居和古村落是在不知不觉中变旧变老的，雕梁画栋今犹在，可一茬又一茬的青壮年走了，留下老弱病残在祖屋里守候；飞檐翘壁还支撑着挺立着，可燕子都懒得飞回来筑窝了，没有主人的空屋，飞鸟也觉得寂寞啊！

当人们突然意识到古民居、古村落需要赶紧保护时，其实已经晚了，只留下断垣残壁了，已经老得无法居住了，井水不能喝了，炊烟没有了，屋顶露天了，门环叩不响了——庆幸的是挂在墙上的祖宗还在，石板路还在，回乡的人还能找到出生地。

每个地方都有古民居遗存，探寻古民居古村落实际上是踏着先人的足迹，走进一段远去的历史。历史有长有短，古民居有大有小，能够顽强地保留到现在，一定是不想消失。当我走进古民居，嗅着灰土砖瓦的气息，一种潜伏在内心深处的念想渐渐浮出水面。

莒口镇有一片“浑头林”

“浑头林”不是一片林子，而是地处建阳莒口镇云谷山下的一座村庄。整座村庄都围绕着一片古民居展开，这片古民居的房东是当年财大气粗的赖姓财主。我喜欢有故事的古民居，记住一个有趣的故事，再荒凉的古民居也变得生动起来，仿佛当年在这里生活的赖姓财主一大家子人的面孔，鲜活地出现在我面前。

古民居的故事从石条铺成的小路开始，这可能是我见过的最独特的小路，你见过把一张张八仙桌的图案嵌到石板小路中吗？而地主老财煞费苦心建造的这一条石板路，仅仅是为了让低智商的儿子赖星星找到回家的路。石板上的“八仙桌”仿佛会说话：赖星星，别贪玩了，快顺着这条路回家吃饭，饭菜已经摆好了！

莒口镇的宣传委员吴永胜指着石板上的“八仙桌”告诉我，你看，每个家门口都有八仙桌。顺着小路往前走，确实都有，只是八仙桌大小不同而已。吴永胜开始讲故事了。说是很久以前，赖姓财主是云谷山下的首富，浑头林周围二三十个村坊，家家户户种的都是赖财主的田，老财主那才叫富啊，珍珠般的白米吃不完，雪花般的银子花不完。吃的要用景德镇的细瓷碗来装，穿的要用苏杭的绸缎来缝，家中佣人一大帮，丫头一大串，神仙看了也要妒忌三分。然而赖财主有个致命的心病，那就是家有三妻四妾，年过半百也生不出一儿半女，这可把赖财主急坏了，到处求仙拜佛不能如愿。有人告诉他，云谷山上有座大王庙有求必应，不如去试试。于是赖财主进庙许愿求子，大殿上的大王神根本不理他，倒是边上化成精的“化钱炉”乐呵呵笑出声来。大王神对“化钱炉”说，既然你笑出声来，就派你到赖财主家走一遭吧！“化钱炉”是什么？通俗一点说就是“烧钱炉”呗。

从大王庙归来不久，赖财主三姨太果然有了身孕，生下一个胖男孩，赖财主非常高兴，认为是大王神赐子宛如天上星宿出世，便给男孩取名“赖星星”。但万万没有想到的是，赖家开始没完没了地“烧钱”了！星星一出娘胎就哭个不停，要摔碎景德镇瓷碗才会破涕而笑。从此星星一哭就要摔碗给他听，很快就把家中所有的景德镇细瓷全摔完了，赖财主就派人到景德镇买碗来摔。星星长到3岁，摔碗已经止不住他的哭声，就改撕苏杭绸缎才会破涕而笑，家中绸缎很快又撕完了，就派人去苏杭买来继续撕。又撕了5年，星星才慢慢不爱哭了。七八岁时送星星去学堂念书，念了3年什么都没有学会，连上学回家的路都不认得。赖财主苦思冥想，终于想出一个办法，他雇人从山上开采石头，把石头打成一个个四四方方的石块，一直从家门口铺到学堂前，为星星铺出一条五里长的石块路，真是父爱如山啊。赖财主对星星说：宝贝啊，顺着石块路就可以到学堂，放学了看见方块上的“八仙桌”就要回家吃饭了。

就这样在铺着“八仙桌”的石板路上又走了几年，星星总算学会了几个字。赖财主更老了，只好让星星掌管家业。接下来发生的事就更惨了，星星把赖财主家收来的春茶送到武夷山去卖，因为卖不到他想要的价格，就把所有的春茶都放到九曲溪边烧掉了。稻谷收成了，星星带上管家送去建宁府卖，因为受到粮行老板刁难，一生气就把稻谷倒到河里喂鱼了。这样连续捣鼓了3年，赖财主家的财产很快就被掏空了。星星对赖财主说：茶山没了，稻田没了，银钱也没了，没什么事可做了。赖财主问，那以后一大家子人怎么过日子？星星回答说：那我可管不了，我要回去了。赖财主问你回哪里去？星星说：我是大王庙里的“化钱炉”，大王让我到你家投胎，现在该回去了！赖财主顿时一命呜呼。星星原来就是来赖财主家索财的“败家子”，按老人的说法叫“富不过二代”。

这个在当地流传甚广的败家子故事，记录在厚厚的莒口镇志里，也永远留在了这座古民居里。浑头林有三条石子巷，村中央有两排相对应的“美人靠”，相当于当年的“议政厅”，是用来聚会和聊天的。边上还有一口刻着“清液美泉”的古井，村妇们常在井边淘米、洗衣，好生热闹。巷子两侧立着高高的马头墙，财主家大门前铺着四五级台阶，很是气派，门当自然是瑞兽石雕，门楣饰以刻工精美的砖雕，房子多为两进或三进木头房，房与房之间有暗道相通，可用来躲土匪。右巷地势比左巷高出十几个台阶，原来巷内有很大空间，足够躲藏全村老少以避兵匪之患。左右巷的尽头有两扇气派的大门，据说村里原有四洞门，有四个方位，那是皇城才有的规格，被人告发后拆去一洞门。从门洞的气势到房与房之间的密道和阶下的暗室，都彰显着明清古建筑的格局以及浑头林当年的富庶。

宣传委员吴永胜告诉我，2011 年在这里拍了一部 30 多集的民国谍战片叫《密战太阳山》，编剧是莒口镇人，现在在北京发展。他要求有些场景必须在莒口镇拍，以扩大家乡的知名度，真是爱国爱乡啊。剧情围绕错综复杂的谍报较量展开，不但呈现出闽北山城抗日谍战的全景式画卷，更表现了我党地下工作者的机智、勇敢、忠诚，以及共产党与人民的水乳深情。吴永胜带我走进一家厅堂，说这里就是拍交通接头地点的场景。我一看这厅堂才叫奢华，柱子全是楠木的，花窗刻工之讲究一看就是大户人家的做派。早些年有人出 150 万要买走这些宝贝，赖家后裔没敢卖，老祖宗留下来的传家宝卖了要遭天谴的。

书院风范小源村

小源村给我留下深刻印象的是几棵古树和几座书院。

村口那几棵直插云天的“风水树”是小源村线装书的封面。好大岁数的古树啊，两棵参天樟树树龄 400 年；苦槠树树龄 360 年，后门山有 7 棵杉树树龄 300 年；还有 1 公顷的古树群树龄都在 250 年以上。这些古树都挂着牌子的，属于珍惜保护树木。我站在古树旁向上仰望，天空中全是茂密的树叶，看来只用蔚蓝来描绘天空是不够的，这时候的天空显然是绿色的。

这么多古树掩映中一定是要有书院的，不然就辜负了这一片风水。我喜欢当地文人用“古代大学城”这个词来比喻莒口的学术氛围，这一片土地上确实弥漫着浓浓的文化气息,连落在地上的树叶都能嗅出知识的味道。南宋时莒口“书院林立，讲帷相望”，看鳌峰书院、寒泉书院、云谷书院、西山精舍、云庄书院、溪山书院、卢峰书院，哪一座不是著名的书院？当时福建新建书院47所，全国名列第三，而在莒口，仅朱熹及其弟子新建的书院就达7所之多。莒口书院远远不止这些，还有化龙书院、集贤书院、豫章书院、龙湖书院、屏山书院、大明堂以及三贤祠等15所，按现在的说法是彻头彻尾的古代大学城。在这一片古代大学城里，云谷书院、西山精舍留下朱熹、蔡元定两位宗师“理学灯语”的千古佳话；朱熹、吕祖谦在寒泉精舍写下《近思录》鸿篇巨制，全面阐述了理学思想，囊括了北宋五子及朱吕一派的学术主体。深厚的文化底蕴也造就了一代英杰：熊氏一族十三进士；蔡氏四代九儒；刘氏一脉九进士；明代首位状元丁显等。《中国人名大辞典》中选载建阳籍人士78人，其中24人出自莒口。古代大学城确实是思想与智慧凝聚的地方。

小源村最具代表性的建筑当属屏山书院。保存完好的“屏山书院”四个砖雕大字是那样的醒目，当我抬头仰望时，仿佛有一种学术的光芒将我照耀。祥鹿、瑞兽、飞禽等砖雕彰显着主人的文化品位，漆成红色的太师壁及神案上方，挂着书生打扮的刘子翚像。据史料记载：屏山书院始建于崇安五夫，创始人正是刘子翚。公元1143年，朱熹秉承先父朱松遗命，迁居崇安五夫，拜刘子翚为师，于屏山书院苦读。在刘子翚的教导下朱熹学有所成闻名于世。后来刘氏后裔迁居小源繁衍生息，并在小源村建起另一座屏山书院，小源便成为理学世家刘氏的祖居地。书院内“忠臣儒堂”的牌匾耀眼夺目，刘氏历代名儒画像代表着传承。清代乾隆、道光年间重修祠堂的四方碑记，则镌刻着书院久远的历史。

千年古樟树、杉木王、古朴的书院及四方石刻碑记、议事亭等，见证着小源村的时代变迁。古民居承载着乡土中国千百年的历史记忆，一个地方古民居建筑的消亡，也就意味着地域历史文化的消亡。不管在哪一时期，乡村文化都是中国文化的重要依托，村落消失了，中国文化的根就没有了。随着现代化进程的不断加快，传统村落正在以极快的速度消失，村落的建筑形态，村民的衣食住行，物质和非物质文化遗产等都处于比城市更脆弱的状态，抢救古村落显然是文化遗产保护的重中之重。为保护和挖掘小源村丰富的文化与自然资源，在华侨大学规划设计院协助下，小源村完成了《小源村传统村落保护规划》，于2015年列入福建省第一批"传统古村落"，并已申报"全国古村落"评选。

小源村的溪水很清澈；小源村的大红灯笼高高挂；小源村的民风很淳朴；小源村的村民也延续着书院风范，学会了儒雅，说话轻声细语，从不大声喧哗。

书坊豪宅楠木厅

去书坊乡采风那天阴雨绵绵，一路上都是山清水秀，绿树重叠有致，山峦起伏跌宕，仿佛一幅徐徐展开的水墨画。雨水的滋润使整个乡村空气更加清新，置身在天然氧吧之中，不由得大口吸气，神清气爽啊。

我为书坊乡的清代私家建筑楠木厅而来。房屋主人陈高撑着伞在门口迎接我们，已经70多岁高龄的陈高长得精瘦却没有半点老态，他底气十足地告诉我，这座房屋的年龄与伟大领袖毛主席同岁。修建这座房屋的是他的祖父陈一新，早年靠种茶发家后经营茶叶致富。房屋从1893年开始建造，历时3年建成，建造时动用木匠200多人，泥水工300多人，整座房屋有100多根楠木柱子，大小数十个房间。土改时房屋被分配给其他人居住。20世纪90年代中期由陈高赎回一半，并将毁坏的部分加以修复，才有了现在的样子。陈高说自己在这座房子里出生，像珍爱老婆孩子一样珍爱这座房屋。房屋虽然老旧但陈高收拾得井井有条，我参观他的卧室，被子叠得整整齐齐，厨房里的厨具也摆得很有规律，他说只要谁动过我全知道。老宅是很难收拾清楚，一个年过七旬的老人能把屋子收拾得这么干净，确实是爱屋及乌。

楠木厅最大的亮点当然是楠木。仔细观赏楠木厅，雕梁画栋，木雕石雕，飞禽走兽，花鸟鱼虫，福禄寿喜，这些仿佛都是与生俱来的，应有尽有。那一根根顶天立地的楠木很低调地支撑着近130年的历史，如果不是主人介绍，很难一下子看出来。我握着拳头使劲敲，楠木柱石头般坚硬，连回应的声响都是轻轻的，根本不想张扬。正厅中堂前有一张又厚又宽的长条楠木香案，应该是楠木厅的镇厅之宝，有好几吨重，十几个人都抬不动，由于年代久远，黑漆已经磨损，用手触摸光滑细腻，从里到外透出的木纹肌理，掩藏不住的贵气。人们是因为楠木价格飙升后，才认识到其超凡价值的。楠木纹理淡雅文静，质地温润柔和永不收缩，不腐不蛀有幽香，皇家藏书楼，金漆宝座等高贵场所，均以楠木制作为上乘。现存最大的楠木殿是明十三陵中长陵“棱恩殿”，殿内共有巨柱60根，均由整根金丝楠木制成。属国家二级保护植物的楠木也是中国的特产树种，已列入国家重点保护野生植物名录。在小小的书坊乡，在一座藏在深山密林中的楠木厅里，立着100多根楠木柱子，这是一件多么值得荣耀的事啊。

从楠木厅里走出来，又有一批慕名而来的参观者冒着蒙蒙细雨走进去。散落在全国各地的古民居、古村落千千万，唯独书坊乡以楠木命名的古民居“楠木厅”堪称唯一。唯一就过目不忘，唯一就载入了史册。

黄锦萍，中国作家协会会员，福建省歌舞剧院国家一级编剧，出版诗集、散文集8部并多次获奖，曾担任福建省、福州市200多台大型文艺晚会的策划与总撰稿，担任文学本执笔的大型舞剧《惠安女人》获多种奖项。

草木本心

◎ 于燕青

水　　仙

水仙花，乃漳州的市花。水仙不开花时外形如葱如蒜，故有“天葱”“雅蒜”的别名，仿佛告诉你，即使水仙不开花装蒜装葱，那也不是一般的凡俗之葱蒜，那是天葱雅蒜。

这初始看去如葱蒜一般平俗的植物，水白的球茎里隐藏着花枝，仿佛虫蛹包裹着美丽的蝶翅，一股神秘而巨大的力量，从鳞茎顶端绿白色筒状鞘中抽出花茎，一点一点高过众叶，一旦花蕾爆开，便脱胎换骨了，立马出落得冰清玉洁，不像凡间俗物了。异香幽幽，真是水中的仙子了，真就是“清浅处，月明中。凌波微步欲飘空”，配得上那个“仙”字，所以水仙也称凌波仙子，真是上天独赐予漳州的奇花。一直以来都是进献朝廷不可少的贡品。唐睿宗景云元年（710年）漳郡别驾丁儒赋《归闲诗》中以“清波出素鳞”来描绘水仙花形态。康熙皇帝也曾赋诗云：“翠帔缃冠白玉珈，清姿终不污泥沙。骚人空自吟芳芷，未识凌波第一花。”历代文人骚客，也多有赋诗流传后世。

在漳州的几十年，几乎没有哪个春节没有水仙陪伴。在漳州，没有水仙陪伴的春节不是春节。漳州水仙鳞茎硕大，箭多蕾饱，有玉玲珑和金杯银盏两个品系，“玉玲珑”复瓣，白色；“金杯银盏”单瓣，花冠俊美，香气馥郁，有金色的副冠，形如盏。水仙在尚未吐蕾时就被雕刻成型，雕刻师们生就一双巧手，刀锋闪处，金龙锦鸾、牛欢鱼跃，鸟兽人物迥然有趣，雕工娴熟自成流派。在漳州，那些适合种植水仙花的村子，家家种水仙，几乎人人都能操刀来两下，轻车熟路，熟能生巧。

一日，车过漳华路，迎面见一栋欧式风格的新楼侧面画了大朵水仙艺术画。奇怪了，那么高雅、那么超凡出尘的花儿，一旦呈现在画面上，不但没了香气，那鲜绿的叶，金黄的蕾，看上去反倒俗了。明明依样画葫芦的么，怎么就俗了？真是颇费思量。所以，厅堂之上多有挂梅花、牡丹花图，少有人挂水仙。就想，凡间之手的每一笔都是对它的亵渎，它是个灵物，是不能被限于画面的。再一想，不然，若挂于纸窗瓦屋的老宅子里，倒是很配的，鲜绿配金黄，那是民俗画的色调。鲜绿是翡翠，金黄是黄金。于老宅里挂一幅这样的年画，迎接远方归来的儿孙们回家过年，多喜庆呀。

后来看见有人把水仙那狭长的带状的叶画成黑色的，把蕾画成亮橘色，仿佛被破了咒语，俗气一扫而光，立马有了现代画的时尚感。其实，亮橘色花蕾的水仙，我也真见过的，在一次水仙花展上见到的，是国外的品种。还有人把叶子画成靛蓝色，配同色系的青花瓷盏，也好看。仿佛把一头黑发染成金黄色，别有韵味。

三　角　梅

三角梅，这闽南地区极普通的植物，普通到让我忽略了它的灿烂，直到 40 岁后，才发觉它的好。一旦发现了三角梅的好便全身心地爱了。三角梅虽多有盆栽，但还是地栽更适合它，若要盆栽，盆一定要大，我以为没有大露台的住房不适合栽种。虽然一出家门处处可见其花荣，依然觉得不能据为己有，心内不甘，勉强也要在不露天的阳台种上一棵，清清瘦瘦地长着，即使这般，三角梅也是涌泉相报，开得奋不顾身，开了一茬又一茬。起初，我并不明白这极普通的植物也有个性，开花前须控水，若浇水过旺它定是不肯开给你看的。遵循其道，待其叶片萎顿时方才浇水，果然奏效，忽然就爆满花芽，忽然就满树夭夭。我婆婆在我家住的日子，每次拄着拐杖经过那个对着阳台的玻璃门时，拐杖便会忽然一顿，迟疑片刻，然后走开，边走边用山东话说着："这花禁好！"

某次去林场，迎面见到的就是它。一面篱笆土墙全被三角梅占领、覆盖。边上是那白的红的野花，那野花的架势分明是，努力过，努力要挤进这轰轰烈烈的阵势来，凭着一股野劲儿亦是没有得逞，只能在外围讪讪地度其年华。也许这是三角梅中的极品，也许由于土质肥沃，这林场的三角梅花株硕大，一簇一簇地伸张着枝干花叶，红的、紫的、粉的都开得极欢实。也就几株的三角梅，却有千树万树的浩荡之势，看过无数三角梅的我，依然有片刻的不知所措。在这12月的冬季里让我有种季节倒错感。有一句曾风行的话："给点阳光就灿烂"，用于嘲讽得意忘形的人，可用在植物上却是极大的褒奖。三角梅就是那种给点阳光就灿烂的植物，绽放到极致有炎炎之态，像被阳光点燃了，闽南温湿的风更助长其火势，冬天里的一把火。若在夏天里，我总是以为此起彼伏的蝉鸣不是蝉发出来的，而是三角梅发出来的。三角梅总是努力地来吸引人的眼目，自己却活得随意，闽南人说三角梅"臭贱"，就是很泼的意思。三角梅确实不需要花费太多精力就能长得旺盛。让人觉得但凡住在闽南地界，不种几株三角梅便是辜负了阳光、辜负了造物主对闽南独特的恩赐。厦门市把三角梅作为市花，真是明智的举措，让一座城沦陷于过不完的春天里。

哆　尼

哆尼，就是桃金娘。我更喜欢叫它"哆尼"，因为这个称呼伴随我整个少女时代。那时候我住在父亲的军营里，军营在当地的一座山脚下，当地人称那里为“虎岚”。据说早年，那里有老虎出没，故而得名。在那里住了十来年，连老虎的影子也没有见到。只是刮风的时候，山上的松树被风吹得“呜呜”响，像老虎在吼叫。老虎没有，但有漫山遍野的松树、松果和各种野生植物与飞鸟。野生植物里印象最深的是野果哆尼。长着一嘟噜一嘟噜紫色小浆果。哆尼为灌木，叶对生，革质，嫩枝有灰白色柔毛，每年初秋，桃金娘果实开始成熟，果实累累。果实状如小酒杯，果色先是青的，再青黄、再鲜红的，渐渐地在一场雨后一阵风中转为酱红、紫红，这个时候最好吃了，甘甜无比。等不及的我们大快朵颐，吃得满嘴黑紫，很骇人。据说吃多了会便秘。事过境迁后，我们只记得那份甘甜，忘了是否有过便秘。

“桃金娘”这个正规的学名，是很久以后才知道的。当初，我们并不知道它有这个名字，这个有些诱惑，有些乡土野气的名字“桃金娘”，听上去，多像一个乡下颇有点风骚的半老徐娘。后来看文学作品，看电视剧里那些个人名，比如杜十娘、孙二娘、潘金莲等，就觉得和“桃金娘”是同乡。

其实我们当初称呼它的并不是“哆尼”，是“哆尼”的变音，也许传递这名字的人，传来传去就走样了，也许传的人带点腔调，有点卷舌，就成了一个很雅很洋气的名字“朵尼雅”，反正虎岚的孩子都这么叫。听上去像好莱坞的漂亮影星。或者葛丽泰·嘉宝、奥黛丽·赫本、玛丽莲·梦露、费雯丽她们也都是从植物里走出来的。哆尼开花也是很美的，完全可以和这些美人媲美。哆尼的花不但美，还很有趣，其花先白后红，红是玫瑰红和紫红，同株哆尼花色变化大，红白相间，像是鸳鸯花，很好看，花期也很长。

那个时候，我们离植物很近，浑身沾满了草香气，生命里再也不会有那样的日子了。

木　　棉

南方没有雪，树木大多常绿，一年四季疲惫地绿着。北方很多树一到冬天就将叶子落个精光，裸露着硬朗的枝干指向天空，像是说，来吧风呀雨呀雪呀，我死都不怕还怕什么。可是一到春天它们又返青了，绿叶盈树。变数如此之大，对季节如此敏感，像是彻底放下昨天的一切，那么舍得，它们是要腾出心身以外的一切来迎接新的日子。

在漳州，只有少数的植物有这样的特质，木棉树就有这种特质，属落叶大乔木。当然，鸭脚木也有这种特质，只是鸭脚木的枝干不够硬朗。鸭脚木的枝干株型真算得上"婀娜多姿"的，它是有资本抛弃叶子完全以枝干示人的，只是觉得缺少了阳刚之气，我更喜欢木棉树。我的旧居附近的绿地上就有很多棵。木棉树都长得很高很高，树干笔直巍峨，很有阳刚豪气，所以也被称为英雄树。春天花开满树，橙红色，树上却没有一片叶子，因为是先开花后长叶。似乎在说，这样绚烂强势的花儿不需要绿叶的陪衬。我举头仰看，蓝天成了它们的背景，煞是好看。是的，只有蓝天才配得上做它们的陪衬。那年我在家养腿伤，稍好的时候，就挣扎着去看它，带了相机去。那时春三月，花开正茂，云蒸霞蔚。远远看见有几朵坠落，却没能抓拍到这有些壮烈的动态，花落在地上依然是鲜艳的，是的，它们是鲜艳的时候就坠落了，像是一种壮烈的赴死，又像不让世人见其白头的刚烈女子。望着树下红艳的落英，完全没有李商隐"木棉花暖鹧鸪飞"的意境。

我在那里照了张相，让一个园林的管理员给我拍的，两张，都是半身的，贴着树干。好像我是从它里面长出来的，从树里长出来的我是否像木棉树的一个分枝？可是，我的花我的红艳在哪里呢？以我的懦弱，我怎敢傍依这刚烈的木棉？初夏，再来看时，木棉树便绿叶成荫。树冠在很高的地方才打开，七八棵树就可遮下一片天。那些掌状复叶排列有序，仰看，像是偌大的一张艺术版画，亦是蓝天做底子，真是“绿树阴浓夏日长”。秋天，便也随了秋的况味枝叶萧瑟。到了冬天，裸光了树叶的木棉树便有了北方树木的沧桑与厚重。木棉树四季景象迥异，好像一个人在他生命的各个阶段都活得其所、从容。

桃　　花

桃花，若一朵一朵单看，也并不觉得多么好看。一树桃花看上去就美不胜收了。那年在外地，下着雨，看到前方路旁一棵开花的树，枝干婆娑，花色妖娆，远远望去像是要溢出天地间。待走近，方知是桃花，尽管细雨打湿了路面，天还凉着，桃花依然灼灼，只是孤单的一棵桃树，不知道怎么被种在了路边，与周遭的植物、与这冷的雨天不相符。桃花太美，深粉色的，让人看了既喜悦也悲伤，那是一种孤绝的美。这路边孤单的一棵桃花，让我猛然想起，这样的花是注定要与人的情感有些瓜葛的。

我一直喜欢着桃花，只是我总是被人告诫，告诫说桃花是不好的花，说不能在桃花树下照相，说会让人精神错乱，说桃花一开就有很多花癫病暴发。花癫病也叫桃花疯，还有人叫“三月桃花病”，那其实是一种精神病，狂躁型精神病，这种病一到阳春三月便情绪高昂、自命不凡，像打了鸡血，但情绪不稳，琐碎小事便可暴跳如雷，甚至有破坏或攻击的行为，尤其对异性兴趣高涨，并有幻想异性伴侣。说的人神情凝重而神秘，听的人不寒而栗。生活中也确实见过几个所谓的桃花病，都是病入膏肓的。我见过一个男人一到桃花开放季就到处疯跑，口里大声叫着一个与桃花一样艳丽的名字。开花、发病都恰在此时，可怜的桃花就成了罪魁。于是人们说，桃花是带了风骚的花，有妖气，于是桃花让人想到色情，想到“桃花运”，想到风尘女子……女作家肖勤的一篇小说用“眼窝很深，带点桃花”来形容搞艺术的男人，只一笔就写绝了。然而许多女人化妆就喜欢描画个桃花眼，上眼皮桃粉色渐渐晕开，再配桃粉色口红，果然平添一股妖媚气，很是撩人。总之，树是有性别的，“弱柳夭桃”恐怕最是女性化的植物吧。

细想来，桃花与梅花是有些相像的，只是梅花枝干骨感遒劲，梅花开放的背景是大地一片白茫茫真干净，梅花自身也近乎洁癖的干净，不杂片叶，这样一来，傲骨就出来了，凛然与沧桑也出来了。而桃花则需要热闹的春意盎然做背景，热闹的绿叶做陪衬，一出场就锣鼓喧天般地热闹，鼓、锣、钹、镲、笙、埙全用上。而我看到的那棵孤寂的路旁桃花，只有悲戚，没有梅的刚烈。这样一来，两个长相相似的美女就显出风骨与性格的迥异。桃花毕竟是美艳的，于是人们对桃花的爱就带了些矛盾，越是矛盾就越是难以抑制，回头率仅次于玫瑰。很多诗人把桃花写进诗里，唐人钱起的“桃花徒照地，终被笑妖红”。把桃花的处境表达得淋漓尽致。尽管有崔护的《题都城南庄》：“去年今日此门中，人面桃花相映红。人面不知何处去，桃花依旧笑春风。”还有陆游的“桃花落，闲池阁，山盟虽在，锦书难托。莫，莫，莫”。更有《桃花扇》里那染着李香君高贵头颅鲜血的桃花，亦不能改变人们对桃花的偏见，但毕竟桃花的开落与爱情休戚相关，让桃花在人的情欲上担当如此重要的角色，也不能说不被重看吧。

金丝楠木

金丝楠木、黄花梨、紫檀，都是极名贵的树种。我发现这些名贵树种都有一个共同的特点，看上去都极其普通，貌不惊人，叶子细小，没有惊艳的花、没有长长的枝干、太不张扬了，但树干都刚劲端直，有一股凛然的正气，如同正直的人品。这些树生长期都极其缓慢。珍贵的东西都是生长缓慢的，小牛小马小鸡小鸭生下来不久就能站立、跑动，而一个婴孩的成长是缓慢的，需要花费很多的工夫很长的时间来侍候，因为人比动物珍贵。植物的世界里也是如此，紫檀，每100年才长粗3厘米，金丝楠木成为栋梁材也是要等个上百年。上百年，在历史长河中一闪而过，对于个体生命却漫长遥远，几度苍烟落照，多少水流云散，真是一寸光阴一寸金。我看过一棵金丝楠木，已经100年了，但看上去还很细，也许还需要生长几十年才能用。不禁想，100年前那个种植它的人可能已经不在人世了，这真是前人栽树后人享受。在一个很现实的时代，一个处处讲经济效益的时代，实在难能可贵，种植金丝楠木的人也需有金丝楠木般的良好品质。

这些名贵的树木虽生长缓慢却不改其志，一个劲地往上长，豪气内敛却更增了庄严感，让人肃然起敬。金丝楠木密实的材质如铜皮铁骨，实为树中君子，非那些人工速生林长起来的木质酥松的奶油小生可比。这些树是植物中何等佳美的生命呀！据说金丝楠木是比黄金还贵重的，其木质结构细腻，纹理美观，冬暖夏凉，对人类是何等的贡献呀。金丝楠木古时候是皇家专用的，所以金丝楠木又被称为“御用木材”，或“帝王之木”。金丝楠木还能发出特殊的馨香之气，还能驱虫防腐，金丝楠木埋在地里千年不腐，所以皇家棺木也常用金丝楠木。也有两个不是帝王的人用了此木，一个是包公，那是他身后的事，是后人所为，后人为包公做了金丝楠木的棺椁，人民愿意这样的清官永远不朽，在人民的眼里，他是配得上用这上好的木质，金丝楠木驱虫防腐的特质亦如包公拒腐蚀永不沾的品格，包公本身就是金丝楠木这样的栋梁之材。另一个用此木的人就是大贪官和珅了，他大量窃取金丝楠木为自己建造房屋，以致他的房屋价值连城。可是他不配，贪欲最终让他失去了一切，连生命也不保。

仙 人 掌

仙人掌是多肉植物。一个“肉”，一个“仙人”，让仙人掌成了植物里的另类。家里也陆续养过仙人掌类的植物，常常是养着养着就被我遗忘了，然后枯干死去，我养这种植物很不上心的。在我看来，这种植物也不

“仙”也不“肉”，外形张牙舞爪，凌厉得很。虽然也开花，但不及观花植物来的鲜艳娇媚，也没有木本植物那长长的枝干，舒张的叶片，太不懂人情世故了，它们被我忽略也是在所难免的。这是在我见到“仙人掌王国”之前的想法。

“仙人掌王国”是漳州某处的仙人掌植物园。我被那奇伟壮观的美震撼了，那是一座仙人掌的山。地上铺满了赤褐色的火山石，既可防水土流失又很养眼。仙人掌科、龙舌兰科、大戟科的仙人掌植物与多肉植物依山势相间而种，高低参差。原来仙人掌是可以这样造景的。我赞叹，好一场视觉的盛宴。应该说，是仙人掌类植物们共同营造了蔚为壮观的集体之美，众志之美，那是秀茂而铿锵的美。原来仙人掌类植物是需在山野自然地貌中才能显其美，于是我感叹，仙人掌类植物是贴着地气才能长好的植物，需要天然的、大幅度的自在空间，需要山岚流云的陪衬。虽说聚众而生才显其盛大之美，却不是那种整齐划一的，仙人掌是有个性之美的，它们的意志并不“肉”，更像是一群性情各异的人聚在一起，有人站着、有人蹲着、有人盘腿而坐，自由自在，万种风情尽在其中。

我还看到玻璃塔、红叶光棍树、贝信麒麟、马达加斯加龙、银角珊瑚、棉叶珊瑚、列加氏漆树、芦荟、酒瓶兰、猴面包树等等珍奇品种。银角珊瑚为灌木状肉质植物，其羽状复叶先端尖，质硬，深绿色，带银白色斑纹。看上去还真有点像海里的珊瑚，形象地诠释了它的名字。秀茂的贝信麒麟虽然谈不上形象，但神似。于是很钦佩给植物起名的人。马达加斯加龙像浑身长了刺的长龙，也很形象，它们多汁，多刺，蓄水，适应沙漠条件，为耐寒的抗旱植物。棉叶珊瑚不但有观赏价值。还有药用价值，茎皮、叶有调经，催吐，泻下，杀虫解毒等功用。种子含有丰富的蛋白质和脂肪，可用来饲喂鸽子和家禽，可用作泻药和催吐剂。在非洲的尼日利亚，棉叶珊瑚花的树皮煎剂和树皮粉末被用作驱虫药，叶片煎剂用来洗浴以治疗发烧。

仙人掌没有那种风摆杨柳的动态美，仙人掌有着桀骜不驯的外貌，有着安静的灵魂，像一个智者，植物里的智者，植物里的哲人。甚至，由于太过深沉而显出一副慵懒之势，人看了，心里也会慢慢安静下来，安静下来过一种慢生活，多好的植物。我想，以后再养仙人掌，一定会上心的。

于燕青，中国作家协会会员，作品见诸《大家》《北京文学》《散文》《诗刊》《作品》《青年文学》等，收入各种年鉴和年选，出版散文集《逆时花开》《跌倒》《情感档案》《内心的草木》，获福建省优秀文学作品奖、林语堂散文奖、《作品》期刊奖等。

上巳节，待流苏花落人间

◎ 孟丰敏

今天是上巳节，也称作修禊日，古人会在这一天结伴去水边沐浴，称为“祓禊”。永和九年（353 年）三月初三上巳日，王羲之在兰亭修禊，举行饮酒赋诗的“曲水流觞”活动后，历代文人都喜欢在这一天玩曲水流觞的游戏。看明清的福州文人的诗文，知道他们多数会在修禊日到鼓山的桑溪去庆祝修禊日。除了桑溪，他们还在哪里可以庆祝修禊日呢？

今人似乎不知道上巳节，因为这已经是工业社会。而古人是根据农历节气生活。节气的变化直接影响百姓的衣食住行等各个方面，因此所有的节气都被百姓牢记在心了。由于上巳节是在水边沐浴，出门郊游，给予很多青年男女认识的机会，后来渐成中国的情人节。我并不知道今天是上巳节，却在上巳节做了一件特别浪漫的事——清晨 6 点出门等花落、拾花。

为何在上巳节拾花呢？上周天，女友明媚说衣锦坊的流苏最近要落花了，想去拾花。一是落花很美，值得欣赏；二是流苏的花可直接泡水饮用，晒成干花更养生。明媚去年拾了不少流苏，今年还想来。植物群群主青色听后立即响应。我很惊讶，她们年年到同一个地方看同样的花，不会失去新鲜感吗？

无论如何，我也想去看落花。不久前，郭德立老师拍了一个流苏落花的视频，只见画面中白色的花朵从树上徐徐落下，在地面上慢悠悠地随风滚动，仿佛与风嬉戏一般，十分动人心弦。

大家也好奇，下周三早上会落花吗？于是，星期天晚上我们先到衣锦坊探花。左看右看不确定。明媚说，华林路有家锅边不错，不管是否落花，我们都去吃锅边。我是锅边迷，顿时眼睛一亮，说我要去看落花，吃锅边。就这样，我们的拾花锅边群成立了。其实周三是上班时间，要看落花，她们这些上班族只能7点就要到花树下等着，然后吃锅边，才能赶8点的班打卡。

我因为不用上班，自然很乐意早起看落花。但是怕睡眠不足，晚上8点20分，我就去睡觉了。第二天早上6点醒来，我激动地打了车，赶到衣锦坊，巷子里安静得很。来到流苏花下，只见树上的花一半是枯萎的黄色，另一半结实地黏着树枝，没想落下的样子，似乎还傲慢得很，逼着我只能一直抬头仰望它。

此时，地面上有一些不起眼的白色丝条，让我怀疑，我期待的一场落花飘雪，这个心愿今天能实现吗？我马上把自己看到的情形发到群里。不一会儿，爱花的女友们陆续赶来了。明媚抬头看了一会树上的流苏，又看看地面，叹息道：“今年好奇怪啊，花期这么长，花又这么小朵，不如去年看到的美。”青色也仰望了一会儿，和她发出同样的感叹声，说去年真的很美。我不禁好奇地问她们，为何每年都来这里看呢？不都是一样的花吗？

她们高兴地说，喜欢看，每年看花的感觉都不一样，每年在此也似乎有奇遇。明媚和青色就是在此相遇的。我恍然大悟地点头，原来花下的故事才是最美的。

我想起了台湾女作家写的一篇散文《白雪茶树》，读来如在梦中。不是白茶花多美，而是爱花的那份心境、追花的过程令人着迷。想来，我对爱花者的认识还是浅薄。

“采菊东篱下，悠然见南山。”我从前没有完全读懂这句诗，今天终于明白了。有一种浪漫是采菊，有一种心情是悠然。东篱、南山都是次要的布景，换作土墙、水边不也很好吗？

今天青色来，特意为我们每个人都带了一朵红色木棉花。此前，我和青色在集贤宾喝茶时，花道师半碗来，在芙蓉弄捡了一朵红艳的木棉花带给青色。半碗当时说，她们花友见面都会带花给彼此。我便啧啧称赞。青色当时补充道，她们花友到了哪棵花树下，要把落花堆好，摆个造型后才离开，目的是让后来的花友知道她们来过了。这是她们留给花友们的一种记号。

过了一周，她们去山上赏花、拍花。半碗又发了一张图片给我。她在山间捡到一种常见的小花，编成了戒指戴在手上。我被她的这枚花戒震撼了，只觉得这才是一个文人该有的美好情怀。文人不过诗意、有趣的生活，只是为写而写，就不是文人了吧，只能算是卖字为生的文字民工。

古代文人的散文为何千百年来都有粉丝追捧？因为他们记录的生活太美好，而那种生活不是用钱堆砌出来的。比如张岱、李贽、袁枚、李渔、郑板桥的散文，各有特色，却都是生活的内容，体现了一种人生情趣、精神追求，还有人性的温暖、美好。用一句话概括：他们都是灵魂有趣的人。

虽然流苏当天没有落花，但我也在地上捡到了几小朵留作纪念。明媚说，这些花很多在树上枯萎了，没有落下。昨晚大雨，这些花也没有一整朵的落下，而是一丝一丝地飘，就是因为花朵太小了。如果花朵够沉重，风雨一吹，便落下了。今年看来无法欣赏流苏花雨了，我有些失落。而明媚、青色、半碗往年已收集了不少流苏花。她们会晒干花做茶、酿花酒。我羡慕地看着她们，仿佛她们的脸都变成了花。

你如果结交几个花友，是否会和她们见面时交换一朵花呢？是否舍得牺牲你的早上睡眠时间，赶着上班前去等一场花雨呢？

孟丰敏，笔名璎洛，中国作家协会会员，中国音乐著作权协会会员，新华社《瞭望东方周刊》专栏作家，福州市作家协会副主席兼秘书长，《福州文学》执行主编，福州文物代言人，出版散文集《流翠烟台山》《台湾音乐往事》《乡愁里的福州》等。

随花直到青梗峰

◎ 林永芳

庚子严冬，伫立仙女湖畔，看碧波粼粼，青山倒映，栈道蜿蜒如龙过水，如虹卧波。远看，这栈道与它自己的波中倒影恰好构成一段段水墨胶卷，记录着无限风光。

恰逢寒潮南下，朔风怒吼，气温骤降。云寨比县城冷很多，来自龙岩等温暖地带的友人更是措手不及。大概以往只见过它风和日暖、漫天碧透的一面，忽然进入云雾缭绕，山色空蒙，寒气侵肌的另一况味，顿觉“狐裘不暖锦衾薄”。然而大家依旧兴味盎然，走栈道，看瀑布，食土菜，住民宿，在彻骨的寒夜里引吭高歌，翩翩起舞，不亦快哉！

想起半个月前的12月初，陪榕城来宾到云寨，在湖边一下车，客人就感叹：我怎么觉得有点像到了北欧呢！放眼望去，山间树叶已染上各种颜色，深绿、浅绿，金黄、赭红，山色斑斓，湖光潋滟，还真有几分北欧高山平湖的韵味。然而仅仅半个月之后，五彩缤纷的阔叶树已只剩粗枝细枝构就的黑白线条，“疏影横斜水清浅”，风物已然大异其趣，唯有那饱含负氧离子的空气，一如既往地清新，沁人心脾。

是的，云寨，就是这样多姿多彩，晴雨寒暖各不同，让人想起苏轼那脍炙人口的名句：“水光潋滟晴方好，山色空蒙雨亦奇。”这只山沟沟里起飞的雏凤虽非西子，却也历经蝶变，从此韵致万千，成了梁野西麓最耀眼的一个打卡点。

然而，你若只到了云寨、看过白墙黛瓦瀑布仙女湖便以为到过梁野山、认识了梁野山，那就错了。最美的风景，在山顶，在攻坚克难翻山越岭一路登攀的过程中。

此刻寒风中仰望梁野，我仿佛又看见那一条条落英缤纷的小径，一片片繁花绽放的山坡，仿佛又在梁野最高峰，“一览众山小”。思绪已飞入武夷南麓、梁野之巅。

梁野山最美的季节不止一个——4 月初，粉色杜鹃盛开到极致；4 月底 5 月初，红色杜鹃继之而来，满山满谷。这时的梁野山，一定是散花的天女被这绝美的人间景致所痴迷而忘了收手吧？瞧，一树树，一丛丛，如火如荼，如锦如画，漫山遍野随心点缀，直把百花绽放到天涯。到了秋季，山顶草坡星星点点散落着不知名的黄色、白色、粉紫色小花，梁野山的“繁花变奏曲”便由急管繁弦的热烈篇章转入了舒缓而浪漫的即兴随想。及至寒冬，这里又成了冰雪世界。摄影家们冒着彻骨严寒全副武装登上极顶，镜头下，玉树琼花摇曳生姿，更令人称奇的是巨石上那层积雪，那是在山顶大风吹拂下成型的无数雪花，宛若密密麻麻的羽毛，挤挤挨挨立在山石上，竟让坚硬的顽石化作熠熠生辉的冰凤凰，令人叹惋此景只应天上有。

而最让我难以忘怀的是两年前的戊戌春日，两个温柔清秀的妹子从厦门归来度假，雄心勃勃要打破不敢登顶的纪录，邀我带路，一同穿越梁野山。她们知道我体力不佳，不善登山，答应我：想走多慢就多慢。

说是带路，可其实我自己同样从未鼓足勇气登过古母顶，哪知道路在何方？无非是仗着一股迷之自信，大方向错不了，车到山前必有路。就这样，清早出发，家人驱车送我们到达坑头，三个女子下车步行，沿着石径开始登顶。此时，还不到早晨 7 点半。

早就听大家说，梁野山东侧相对平缓，西侧陡峭。因此，要穿越梁野，最好是从东麓的中堡镇大吉村坑头自然村上山，先到梁野山寺略做休整，午饭后继续前行，登上古母石（其实从老辈人口中听起来更像是“古木顶”，不知何时成了“古母石”），之后再从梁野西麓下山，抵达云寨，回到县城。今天，我们走的就是这条路线。

入山只几步，便已被山路两侧的粉色杜鹃花所吸引。一簇簇，一丛丛，冷不丁从某个拐弯处探出头来，绰约多姿，盛装怒放；而更多的杜鹃、蔷薇以及其他各色野花则同样不甘寂寞，在山坡，在草丛，在路边，旁逸斜出，各展姿容。微风拂过，落英缤纷，如诗如梦。我们一路攀登，一路肆意歇息，尽情拍照——人像模式，拍照模式；正面，侧面，背影；远景，近景，特写，全景；拍人，拍花，拍山，拍树，更拍下那蜿蜒远去直通往梦中童话世界的石砌小径。

就这样，且行且摄，且游且歇，兴致盎然，从容不迫。别人不超过一小时的登山捷径，我们走了整整两个半小时，也不觉得累。待到眼前兀然出现一汪碧波时，已是上午 10 点。

这就是梁野山顶的白莲池了。它位于寺庙前方，此刻阳光普照，微波荡漾，鱼翔碧水，四野花香。曾有人疑问：这里已是梁野高山上，周围只有低矮山岗，再往外便是浩渺苍穹，不知这一湾池水从何而来？更有神话传说称，当年梁野山顶重修禅寺，你以为大殿前那两根硕大石柱是怎么搬上山来的？那可是定光古佛在上杭紫金山打磨好后放进汀江，之后施起佛法，这石柱就从白莲池中浮上来了！这池水是直通汀江的，汀江水就是它的源头……当然，传说纯属传说，梁野山本就是武平境内最大的水源涵养地，白莲池水真正的源头便是梁野山自身，加上自然降水蕴蓄而成，与一千五百米低处那数百里之遥的汀江何干。

走过白莲池，穿过土坪，便是梁野山寺。这是周边百姓心中的圣地。石门石柱石墙，虽不算高大，却宽敞庄重，沉稳大气，香火鼎盛，信众如云。这里长年累月络绎不绝，有无数民众肩挑手提，带着香烛和供品翻山越岭前来朝拜或还愿。

住持神清气朗，慈眉善目，笑容令人如沐春风，谈吐达观睿智。他能说出我们家两三代几乎每一个人的名字和小名。他提醒我们：此寺名字就是“梁野山”，并无“寺”字。返身定睛一看，果然。赭红门楣上大书金色行楷“梁野山”三字，最上方则是一行稍小些的黑字“白云胜地”。于是，许多人又有了另一个误会，以为这就是传说中的白云寺了。可事实上，这座“梁野山”寺是宋代始建的，而那座传说中的唐代古寺“白云寺”还在更高处呢，靠近最高峰古母顶，离这里还有两个多小时的登山路程。

在寺里稍作盘桓，吃了随身携带的糕点作为午餐，约 12 点半后出发向古母顶攀登。此去绝大部分山路并不陡峭，仍是一路繁花相送，且行且摄，半游半歇。及至手脚并用攀上古母石，已是下午 3 点。

一路走来，野花恣意绽放，伴着或青翠或微黄的野草、低矮夭矫的灌木丛，大大小小，千姿百态，错落有致，散卧于山坡、草丛、路畔的黑色石头，交织成一首首苍茫雄奇的高山交响乐。屹立古母石畔，环顾周遭，天风猎猎，四野寂然，城镇、乡村、山峦、湖泊，尽随群峰俯伏于脚下，顿觉“念天地之悠悠，独怆然而涕下”。那是一种直抵灵魂深处的震撼，一种经久不息的共鸣。古往今来，多少吟咏梁野山的诗篇如潮水般从心头淡去，我已无言！

忙里偷闲把古母石小视频连同此刻身边天风浩荡的呼啸声放到朋友圈，立即有友人点评：这不就是青埂峰吗？！是啊，电视剧《红楼梦》中的青埂峰，不就是这般模样吗？这块巨石孤悬绝顶亿万斯年，多少次寒来暑往，花开花谢，一代代过客来了又去，有多少故事，在它无声的俯瞰下登场又谢幕，足可写出多少部《石头记》，尘世有谁知？

从下午 2 点开始，母亲不断打电话来催促我们下山。她生怕我们会迷路，急得都快哭了。当得知我们在云寨上方的云端徘徊、在古母顶下的陡坡岔路口彷徨，不知该走哪条路，她连声祈祷：古佛保佑，古佛保佑，千万别迷路到谷夫（梁野山东北麓），那边山深路远不知何时才能走得出……

我安慰母亲，向她保证我们一定会安全回到家。此后她再打电话询问，我们只说已经下到云寨了。她一听已到云寨，顿时长舒一口气，放下心来。

而我们其实仍在绝顶古母石脚下，凭直觉从两条岔路中选了一条，走了几百米，一看，正站在一座低矮逼仄的石屋前。石屋门楣上刻着的四个字已略显模糊："白云古刹。"原来，这就是传说中的唐代古寺白云寺了。历经两千多年风沙侵蚀，这座古寺已倾圮塌陷，墙的下半部分已没入山体，只剩半截屋顶，无声诉说着两千多年的风霜。寺庙遗址果然有个岩洞，却已无法以直立的姿态往里走，大概只能猫腰钻进去。

康熙版《武平县志》记载，"唐开元（八世纪）中，福僧持铁钵驻三峰。大历中，僧灵悟驻此。自后岩芜"。汀州太守王廷抡在《梁野仙山》一诗小序中记："昔乡民采茗，误至一岩，见门垂龙须草，蒙披而入，内有佛像、经帙、钟磬，幢盖如新。再往迷路。"住持提供的资料中称，这位唐开元年间的福僧，"法号定光佛，不知俗名及何方人氏，只传是从北方来的高僧，来闽弘法利生"。这位定光佛显然不是后来那位生于五代后唐时期、北宋大中祥符八年（1015年）正月初六在南安岩（岩前狮岩）圆寂、被认为定光古佛化身的定光大师郑自严。而福僧所驻之洞，便是仙人洞。

而民间则传说，从白云禅寺前行，有个"古佛出生地"，从前，周边山民凡是上山朝菩萨的都会去那儿烧香。这个"古佛出生地"旁边有个洞口，传说走进去可以直通冥界。山民进去时都得携带一把点燃的香，到了洞内每一个岔路口、拐弯处，都要插一支香作为记号。在一炷香的时间内必须返回，否则，香火燃尽，找不到回去的路，就永远转不出去了。寺僧慈悲为怀，为防有不知情者误入此洞丧命，特地在洞口放了杉树枝。这是武平人的传统做法。因为杉树叶子尖利坚硬，如同刺猬，又如铁蒺藜。以杉树枝做篱笆，就意味着"此路禁止通行"。

不知这个"古佛出生地"及神秘洞口，是否就是此刻"白云古刹"所在的这个洞？站在洞口极目往里看，只见低矮暗黑幽深，无法想象，洞内究竟有什么，通往何处？该是用了多少教训，才换来这样一道无声的禁令，留下如此扑朔迷离的传说？

我们来不及也没勇气进去探险了，只好留待将来，留待其他勇者去揭开里面的谜底吧。

沿着梁野西麓也就是云寨村方向下山，果然高峻陡峭，很长很长一段距离基本上没有路，只能循着登山协会绑在枝头的红绸带，穿行于灌木丛中，从一块山石跳到另一块山石。三人的手机都没电了，我携带的那块充电宝纯属伪劣产品，午后便已彻底断电。若不尽快下山，待天黑之后就真的只能迷失在山上，与世界失联，在绝望和恐惧中祈求菩萨保佑了。所以，尽管这时大家都已足痛腿酸膝盖软，也只能铆足劲抓住树枝如同荡秋千的猿猴一般跌跌撞撞往下冲。此刻，已完全没了赏花赏景的心情。

不知往下跳跃奔走了多久，终于听到了山泉的叮咚声，听到了瀑布的哗哗声，继而有游人笑语喧哗进入耳际，脚下道路也渐渐明朗起来。谢天谢地，我们终于赶在天彻底黑下来之前从云端回到云寨，从唐宋回到人间了！遥望身后刚刚造访过的最高峰古母石，依旧高悬云端，摇摇欲坠。刹那间，又忍不住重启手机，用仅有的一点余电，如饥似渴地抓拍周遭美景。

再度站到云寨村道上，暮色四合，回望来时路，已隐入丛林不可寻。唯有梁野高峰，一如既往，巍然耸峙，默默俯瞰云寨，俯视人间四季变迁。而我们，终于圆了登顶之梦，那一路繁花盛开的芬芳，那“山登极顶我为峰”的壮美，长留心中，在此后的日子里，吸引着我不惧登山之苦，一次次再上古母石，临风屹立，目极长空，俯瞰三省，“登梁野以舒啸，临四野而放歌”！

林永芳，中国作家协会会员，发表杂文随笔数百篇，由群众出版社以“当代杂文名家书系”出版《穿越思维的篱笆》，作品为《青年文摘》《作家文摘》等纸媒和网媒转载，三十余次入选年度《中国杂文精选》《中国杂文年选》等，获多种杂文评选奖项。

像木麻黄一样守望

◎欣　桐

1

不知道为什么，每次回冠山村，看见村口那一段遮天蔽日的木麻黄所形成的“人”字形的丛丛绿色，我总会将车速慢下来，再慢下来。四周寂寂无人，仿佛这一片深黛色的林海，只为等我来。

海风调皮地在林间绕来绕去，吹得林子沙沙沙地响，阳光在路面投下斑驳的光影，林畔的老石厝映在这斑驳里，让人心里莫名有了一种柔软的感觉，如同游子久不归乡，见到熟悉的景物，听到熟悉的乡音，岁月就在这光影里重叠起来。

木麻黄，许多年前初闻这树的名字，觉得一股土气，树型也没有特别之处，春来不发芽，落叶不惊秋，一年四季除了深黛的绿，毫不起眼。安居平潭后，最经常走的一条路线是娘宫港—城关—中楼乡—冠山村，在这一条路上，无数的木麻黄，陪着走过寒暑春秋。

记得有一年台风过后，我发现一对喜鹊在一棵木麻黄树梢垒起窝来，一天，两天，三天，这两只喜鹊飞进飞出，用嘴左缝右补。它们头碰着头，叽叽喳喳的声音，似乎在商量等“新家”造好后，计划生几个宝宝吧！

那一段时间，我如同一个偷窥者，时常定定地望着不远处努力垒窝的鸟儿，感慨不已。它们一会儿衔来一根树枝，一会儿衔来一块碎布，经过二十几天的辛勤劳作，慢慢地一个密实的巢形成了。那个椭圆形的草窝，在高高的树杈间十分醒目。成年的木麻黄树可高达20米，甚至30米，原来喜鹊选择高且有分杈的树，一是为了防止爬行动物上树，二是筑巢更为稳固。

从秋到冬，这对安家于木麻黄树的喜鹊，令初到异乡的我，生出一种愁肠百结的心情。这对双栖双飞的鸟儿，天天在我的窗前“撒狗粮”。而为了爱情投奔海岛而来的我，守着这片海，这个岛，等待他也能为我们筑一个巢。

因为这对喜鹊，我喜欢上了外形并不出众的木麻黄。

早年从娘宫港到城关十几公里的路上，长满了高耸笔挺的木麻黄，特别是那围着厚厚篷布的“天目山”三轮车行在这木麻黄林中，车子后面的踏板都挂满了后生仔。记得经过跨海村有一段弯度极大的路，木麻黄树枝茂密得很，每个坐在车屁股的后生仔，都要歪过头躲避那树枝碰到头，而车子如同一个患了严重肺病的老病号，发出“硿硿硿”的喘息音。车子随着路面的坑坑洼洼，东倒西歪，艰难地行进，吊在车后的后生仔，被这颠簸抖得受不了。

多年后我与平潭籍导演丁小明聊起他早年拍的《漂流瓶》，又名《杨子的夏天》这部电影，里面木麻黄和大海还有捕鱼的场景，是每个海坛儿女童年最深的记忆。

2

那些年，我经常在这木麻黄树林中穿行，自然留意它的来历。

原来，这种树种80年前从澳大利亚引种到中国，成为东南沿海海岛防风固沙的生命树。

翻开《平潭县志》，大事记里有一则记录：“乾隆十四年（1749年），大风成灾，海沙随潮壅上，近海乡村悉遭压废。”

寥寥数语，记录了平潭风沙之大，生态之恶劣。“狂风过处风沙起，一夜沙埋十八村”成为平潭妇孺皆知的典故。

平潭四面环海，历史上有五大风口——长江澳风口、燕下埔风口、远中洋风口、流东风口、流西风口。大面积的迎风口沙荒，成为困扰平潭发展的生态难题。“平潭岛，平潭岛，光长石头不长草，风沙满地跑，房子像碉堡。”“平潭有三多，风多、沙多、石头多。锅里能有一斤米，锅下难烧一把柴。一夜台风飞沙石，千亩良田被淹埋。”平潭当地流传着不少风沙灾害民谣，诉说着平潭岛曾经的贫穷与无奈。

20 世纪 50 年代，平潭开始实施海岸基干林工程，即在最高潮水线向岸上延伸 200 米地带，植树造林，防风固沙。

在这场持续多年声势浩大的植树造林活动中，有一个带头人，那就是时任平潭县委书记白怀成。当年他还兼武装部及平潭驻军守备团政委，平潭人亲切地称呼他为“白政委”。

1952 年，这位山西来的干部，和下乡的知识青年一样怀揣绿化平潭岛的梦想，开始了筚路蓝缕的“绿岛征程”。

时年 37 岁的白怀成，豪情满满，憧憬着十年内要让荒岛变绿岛。他这样想，也这样做。据当年参与植树造林的老人回忆，白政委和干部职工一起深入田间地头，到五大风口实地调研，了解风沙的走向，寻找适合的树种，如黑松、相思树、木麻黄、杉木、川楝、苦楝树、柠檬桉等树，这些树种按地貌土壤试种，以观最终大面积种植的成效。

当然十分不易，树种下去，死了一拨再种一拨，经过反反复复的摸索实践，形成了黑松与杉木混植的方法。这种原产于日本的黑松，有一种特殊的繁殖、更新能力，只要几年，母树林下就会自然育出第二代幼林，当年引种成功后大面积在平潭推广。

另外就是常绿的相思树与木麻黄的混植。相思树较矮，植于山峦之间，木麻黄较高，则植于相对平缓的风口地带。

平潭的相思树源于台湾，故称台湾相思，据记载最早是清末平潭商人从台湾带回。日本占领台湾期间，对树种控制严格，平潭商人从台湾返回，每次只能在粮食中偷偷夹带少量种子。《平潭县志》记载，民国十四年（1925 年），原北厝镇半山顶自然村人林斗宝一次从台湾带回 5 公斤相思树种子，在七里埔创办育苗基地。

平潭林业发展服务中心相关负责人王平介绍："1952 年至 1956 年，平潭造林树种仍以相思树为主，并从外地调进木麻黄等树种。1954 年平潭开始大量引种木麻。全球木麻黄科有 60 多种，福建主要种植的是细枝、短枝和粗枝木麻黄 3 个品种。这种树不怕风、不怕沙、不怕旱、不怕盐碱，生长迅速，即使被海水浸泡，也不会死亡，生命力极其顽强，因此成了岛上种植最为广泛的树种。"王平说，木麻黄属深根性树种，扎根深，枝叶柔韧，抗风力强。木麻黄的根系带有菌根菌，能固定空气中的氮素，供应树木生长需要，能够在连草都无法生长的沿海流动沙丘上生长，并改良土壤。

在许多人的口述中，我们眼前浮现白政委的形象，他率领全县林业科技人员，一步一个脚印，探风口、查沙丘、绘地形图，最后试种抗风、耐旱、耐盐碱的木麻黄获得成功，开启了平潭岛植树造林、防风固沙的动人篇章。

许多年过去了，如今在连绵蜿蜒的平潭海岸线上，成片的木麻黄林犹如忠诚的绿色卫士，守护着海疆生态。

从中华人民共和国成立到 2020 年，整整 71 年过去了，一代一代人，为了平潭岛的生态建设，谱写了一曲青春之歌，在这悠扬的歌声背后——2019 年，平潭揽获国家森林城市这张生态名片。

"功成不必在我，功成必定有我"——粤 501、粤 701、粤 601、平潭 2 号、惠安 1 号、A13、莆 20、闽平 2 号等，这些木麻黄树种，如同一代代植树人一样，可能并不被世人所知，但它们已成为平潭绿化史上的一个符号，一种精神象征，就像白政委虽然离开平潭，离我们远去，但一念及木麻黄，海岛人都会说，看到木麻黄，就想起白政委啊……

3

现在行走在平潭，各个澳口、海岸都能见到木麻黄的身影。这层层绿林，如同绿色长城守护着海岸线。

“如果你带一根它的树枝上船的话，哪怕是再短再小的一根，也必定会招来顶头的风。”偶然读到英国小说家毛姆的短篇小说集《木麻黄树》，他在描写木麻黄时这样写道。毛姆在自序中认为其可以概括东南亚的英国人，“（忆起故乡的植物时）他们发现这种在严峻环境中依然恪守自己职责的坚韧树木，正是自己流落他乡异国的生活的象征。”

如同毛姆小说中所言，木麻黄这种原种在澳大利亚的树种，80 年前漂洋过海来到中国，除了要适应异乡的环境，还要适应当地的气候等，才能从幼苗长成大树，这与他在《木麻黄树》中表达的“异乡”与“在地”、流浪与归宿如出一辙。植物也有故乡，与人没有两样。

白云苍狗，云卷云舒。

从青年到中年，我在这个岛上定居已整整 25 年，岁月偶然带我到了平潭，如同落在岛上的一粒木麻黄种子，扎根于斯，成长于斯。时常错觉我本就是这岛屿上的“诸娘子”，讲一口流利的地瓜土话，从疏离到融入岛上的风土人情。一年又一年，岛上的独特文化吸引着我，慢慢地熟悉了这山，这海，这风景。这些年变身平潭文化的“导游”，一遍又一遍地向岛外的客人们诉说着平潭故事。

欣桐，本名余小燕，中国作家协会会员，鲁迅文学院福州研修班学员，著有散文集《指尖起舞》《萤火流年》《坛中日月长》，平潭民俗文化专著《行走海坛》《海坛掌故》《平潭行旅》等，现任平潭时报社专副刊部主任，平潭作家协会副主席。

乘船出岛高考记忆

◎ 张飞舟

一年一度的高考开始了！看到一批批应届高中毕业生整装赴考，以及社会上“安静待考”“爱心送考”之类的温馨画面，不由得让我联想起56年前，也就是1965年参加高考的情景。

1965年7月10日至12日，我作为平潭一中应届高中毕业生，与全校参加高考的72位同学一起，乘船跨海，前往福清县城参加高考。平潭县考生为什么要去福清县赶考？我猜想，一则因为平潭岛孤悬海中，风大浪急，交通不便；二则当时平潭全县只有一中这所完全中学，每年应届高中毕业生充其量也就只有100多人。

因为担心可能受台风等恶劣天气影响开船，我们这批参加高考的同学提前几天到福清县城。出发的那天早晨，全体考生在班主任及相关科任老师陪同下，从平潭一中出发，乘坐部队大卡车直达娘宫码头。我们每个人除了带齐笔墨文具和复习材料外，还要备好自己的日常生活用品，包括被单、草席、脸盆、蚊帐等。当时塑料拖鞋稀罕，有的同学还带了木屐。

上午9点许，我们乘坐上娘宫开往对岸小山东的机帆交通船。这条机帆交通船是当时出入平潭岛的唯一交通工具，每天只有一个航班。那时，两岸的乘客分别乘坐客车到达码头，换乘机帆交通船过渡，到岸后再换乘接驳的客车。我们出岛的那一天，海坛海峡风浪不算太大。但这里是峡口瓶颈，风尖流急，无风也有三尺浪，机帆船摇晃得厉害。因为绝大多数同学都是第一次乘船出岛，因此多位同学感到眩晕，有的女同学一开船就呕吐起来……那个年代，因出入岛承受晕船呕吐之苦的平潭人及旅客不在少数。

机帆交通船到了对岸福清县小山东渡口后，我们分别乘坐早已等候在码头上的军用卡车，就一路直奔福清县城。啊，外面的世界真精彩！同学们或席地而坐，或手攀站立。不一会儿，大篷车内就笑声朗朗，歌声嘹亮，充满豪迈的青春气息。高考之前，母校平潭一中全面加强考生的思想教育工作，同学们也都做好了“一颗红心，两种准备”。

到了福清县城，立即投入紧张的考前准备，谁也顾不上去看一眼街景风光。我们的住宿点安排在福清卫校，而高考考场设在福清一中。大家每天早出晚归，直至完成三天高考任务。50多年后，老同学们回忆这次出岛高考时，都还记得母校平潭一中为我们准备的餐食不错！每餐都有白米饭，还有“四菜一汤”。要知道，当年我们来福清赶考之前，在平潭一中食堂长期吃的是个人炖饭。多数同学的主粮就是红薯或地瓜干，至于菜吧，多为咸鱼、萝卜干。

当年的高考科目，文史类为本国语文（一）、本国语文（二）、政治常识、历史和外国语。本国语文（一）为作文，题目是：1. 给越南人民的一封信；2. 谈革命与学习；考生任选一题。本国语文（二），为两段文言文，要求将其翻译成现代汉语。当年各科成绩满分均为100分，文史类总分满分是500分，其中包括作文100分、古文翻译100分。理工类总分满分是600分，考试科目为本国语文（一）、政治常识、数学、物理、化学和外国语。

记得设在福清一中的高考场室井然有序，肃然安静。每位考生单独一张课桌，监考老师不时巡查。每个考室前面都有时钟。但为了合理安排时间，我考前就向在平潭海带场打工时认识的一位陈姓朋友借了手表。其时正逢酷暑高温，考室内没有电风扇，但大家埋头答卷，寂静无声，似乎也都忘了闷热。不过后来听说，有几位“拔尖”的理科校友，因天气太闷热而引发感冒，从而影响了正常发挥，未能如愿考上全国一流名牌大学。

母校平潭一中对这届高考十分重视。高三这年，根据学生数和教学需要，分成文科和理科两个班。并安排富有经验、水平最高的优秀教师担任教学。学校在思想教育工作中，突出“一颗红心，两种准备”，但要求每个学生都要努力考出最好成绩！

就我个人来说，早已征求母亲意见并获同意：如果考不上大学，全家人就迁移到永泰山区。为什么有这个念想？因为平潭人多地少，当时邻村已有人举家迁移永泰。而实际上最主要的原因，还是要解我们孤儿寡母受人欺辱之困扰。伴随着高考时间的一天天临近，村里个别人的“嫉妒恨”情绪越来越严重。我的父亲于 1959 年病逝，姐姐在父亲逝世“百日内”出嫁。母亲带着我们 4 个孩子，日子过得十分艰难。一天，生产大队张榜公布全年救济名单，其中包含给我家的 5 元救济款。但有人却在救济名单中，把我母亲的名字撕掉了！他们明目张胆地说：“困难？困难怎么还要读书？怎么还不回乡劳动！”更有甚者，生产队在分红薯时，因为我家工分不够（其时弟妹年幼，主要靠母亲这个强劳动力），一个“工头式”的彪汉，蛮横无理地把我母亲的竹篓子踢飞了！母亲为这些事伤心透了！我很清楚，这一切都是冲着我考大学而来。我们这座小乡村位于狭长半岛的岬口。当时在这个半岛 20 华里范围内，还没出现过一个大学生。“嫉妒恨”的人，不甘愿我们这个最贫困家庭能出个半岛范围内的第一个大学生。但我暗下决心：为了养活母亲，我一定要考上大学！然而，凡事预则立。万一呢？万一考不上大学，全家就迁到永泰山区去！

此外，为了不影响总复习，高三上学期我就把受折磨许久的蛀牙拔掉了。拔牙是在平潭县城古街南街的一家私人牙医诊所进行的。为了减少麻药带来的“副作用”，我要求牙医不上麻药。牙医惊奇地问：“你不怕痛？”我斩钉截铁地回答：“我不怕！”牙医没再说什么，他小心翼翼地帮我挖出一颗蛀了一半的后牙。我至今还记得牙医使用小铁锤、小锥子敲打蛀牙烂根的叮咚声响……事实证明，我的这种省钱拔蛀牙的决定是正确的。但没有想到的是，待到大学毕业拿到工资想去补牙时，医生却告诉我：“牙床两边的牙齿，基本上把那颗蛀牙的空间挤满了！”

由于做好了考不上大学搬迁去的思想准备，又加上解除了蛀牙疼痛的长期困扰，我就全身心地投入高考总复习。当时的平潭一中，除了受极“左”思潮影响、在考生个人政审上存在“唯成分论”倾向外，政治空气较为清明，教学氛围民主自由，尤其关心贫困学生。我作为全校最贫困家庭的学生之一，不仅享受学杂费全免，还领到学校难得的助学金。班主任多次深入农村家访，耐心地做我母亲的思想工作，鼓励我要努力考上大学。在学校领导和老师们的关心鼓励下，我振奋精神。每天清晨天未大亮，我就起床独自绕到校园后山。所谓后山，其实就是树木稀疏的土坡。这里曾是荒冢野地，“鬼影”绰绰，因此来人很少。清晨，我在这里背诵、朗读，等待初升的太阳，常常感到心旷神怡。

作为文科班的学生，除了积极参加课堂教学活动、认真完成老师布置的作业外，我还经常上学校图书馆。我关心国内外时事，每天必看报纸刊物。这次高考作文，我选择了《给越南人民的一封信》。由于平时关心了解这方面的时事，我便即兴写了《给越南南方青年的一封信》，阐述了一位中国青年的立场和观点。在练习古文翻译方面，我几乎把平潭一中图书馆内《古文观止》系列的文言文藏书全都翻过一遍。我还土法整理出文言文中“一字多义”等方面的例句，把它制成数万字的“古文笔记”。在这次政治常识、文言文翻译、历史等科目考试中，母校图书馆内的藏书和报刊，对于完善我的答题也都起了积极作用。

高考一结束，我们就立即从福清县城乘军用卡车直达小山东码头。然后，又转乘机帆交通船回到平潭娘宫码头。我家就在娘宫码头附近的小山村，于是就在码头上与老师和同学们挥手告别。回到家见了母亲，我不爱多说高考的事。但从母亲口中获悉，村里的社员正在附近海上滩涂洗乌鲶

（一种含有海瓜子的土肥料）。

于是，我二话没说，抓起工具直奔村前的那片海、那片滩涂地……没有想到，我还在海上烂泥中挣扎向前时，忽然感觉脚底下踩到软软的还会蠕动的东西。我急忙弯下身子，从海水中拖出一对连泥带水的海鲎。这是我生平第一次捉到海鲎，不由得开心地笑出声来。附近的几位农民兄弟连声说，这是个好兆头！你的高考一定会被录取！

8 月上旬的一天，乡村邮递员来了！说是有我的一封挂号信，需要我签字。我打开一看，原来是厦门大学中文系的录取通知书。说实在的，我当时并不是特别兴奋。因为我报的第一志愿是中国人民大学历史档案专业，我太爱首都北京了！我的第二志愿才是厦门大学中文系呀！后来我上了厦大后才听说，中国人民大学历史档案专业招生对象，基本上都是中共党员，许多人还是被保送去的呢！

不久，高考统招结果就全部发榜了。感恩母校！感恩老师！平潭一中 72 人参加高考，37 人被录取。其中，文科 9 人、理科 28 人，录取率超过 50%。尤其是录取全国重点大学的校数和人数都是平潭一中前所未有的。

8 月底的一天，按照厦门大学新生报到的要求，我与同样录取厦大的林正武（历史系）、翁绳腾（数学系）两位同学一起，结伴同行离开了平潭岛。我们每人花 3.65 元买了一张平潭到福州的客车票，在平潭娘宫码头会合后，依旧搭乘机帆交通船到对岸的小山东，然后再换乘开往福州的客车。只是车到闽江岸边时，乘客需要下车，然后连人带车再摆渡到对岸（当时乌龙江大桥还未建造）。到了福州后，我们立即凭录取通知书花 4.8 元买了福州到厦门的火车硬座半价票。绿色车皮的火车，经过一天一夜的绕道行驶，终于把我们送到了厦门。凤凰花盛开的厦门大学，热情欢迎我们三位来自平潭岛的学生。

半个多世纪过去了，但纯真的同窗友谊，经久不衰。我与林正武、翁绳腾 3 个人，在厦门大学度过了 5 年的美好时光。当年我们赤脚走进厦门大学，一起欣赏凤凰花，一起攀登五老峰，一起游览鼓浪屿……其情其景，历历在目。“文革”初，我与林正武等同学一起，沿着工农红军走过的路线，徒步3000多里路。我们从厦门走到龙岩、长汀、瑞金、赣州、吉安、井冈山。最后，再纵贯江西南北，直达“八一”起义之城南昌。而翁绳腾同学则是我们全家人都很熟悉的好兄弟。我的母亲晚年在家乡经常生病，多亏他及当医生的中学校友翁其庭的鼎力相助。我们三位厦大老同学偶尔也会在家乡见面。大家相互勉励，永续友谊，乐享晚年！

每一位同学都有自己的母校，都有自己情同手足的同窗好友。但对于我们平潭一中老校友们来说，这种对母校、对恩师、对同学的情感，或许更为浓烈，也更为深沉。因为我们同为命运相济的海岛人，同在艰难困苦中成长。

2015年7月初，平潭一中1965届高中毕业50周年大聚会，在平潭金海湾酒店举行。同学们从五湖四海汇聚而来。岁月在我们的脸庞上刻勒下鲜明的印记，但不变的是当年那种纯真的同窗友情。永恒体现于瞬间，瞬息可以延续永恒！此时此刻，我们的心都显得很年轻。没有官位，没有贫富，拥有的全都是当年彼此阿猫阿狗般的轻松、纯真与自然！

原本我们商量好了，5年之后也就是2020年夏天，在家乡岚岛再次相会。可是好不容易过了5年，却遇到突然飞来的新冠肺炎疫情。无奈之下，去年老同学们搞起了视频网络聚会，聊补彼此思念之情……俱往矣！人生怎能再有56年？祝福，是年迈同窗好友间最好的情怀。走过半个多世纪，哪个人的面貌和认知水平，还会停留在很久以前的那个原点？还是彼此多一点宽容和谅解吧，穿越时空隧道，跳过时空间隔，记住56年前纯洁无瑕的你我他！

弹指一挥间，半个多世纪过去了！如今，高考的条件和环境也大大不同了！平潭的考生再也不要出岛赶考了！今年平潭考生就有2600多人，是我们当年参加高考人数的30多倍。高考考点也分布在平潭全岛的广阔区域。而饱受晕船呕吐之苦的平潭人，再也不要在风浪中摆渡出入岛了！一桥跨两岸，天堑变通途。平潭现在不仅有了全长 4976 米的海峡一桥，还有了全长 16.32 千米的我国首座公铁两用跨海大桥。不仅平潭与福州间成为半小时生活圈，就连厦门与平潭间也只需两个半小时的车程！

习近平主席曾经强调说，少年强、青年强则中国强。当代中国少年儿童既是实现第一个百年奋斗目标的经历者、见证者，更是实现第二个百年奋斗目标、建设社会主义现代化强国的生力军。任重道远的青少年们，加油呀！

张飞舟，1970 年毕业于厦门大学中文系，长期从事新闻工作，曾任厦门人民广播电台新闻部主任、对台部主任，主任记者职称，厦门市广播电视学会创会秘书长，厦门市作家协会会员，著有游记散文集《国外掠影》等。

支教大练——我的小岛情

◎王　芳

山因海的骄纵而妩媚，海因山的守望而深情。

——作者题记·致大练

1

情不知所起，一往而深。

知道总是要去的，在心里还是有无数次的反复盘桓。支教，从城市到小岛，是一个挑战，路途遥远、过海渡水，船安全吗？遇大风大雨怎么办？岂不是困在小岛回不来了吗？岛上生活、住宿条件艰苦吗？小岛的生源素质如何呢？城乡交流支教，真的能改变边远地区的教育气象、面貌？况且那即将支教的小岛——大练，在我的记忆里是空白而抽象的……可是，没有任何理由不去的。

在顾虑重重中，背上行囊出门，算是远行吧！

清晨的码头少了些喧嚣，海也不闹腾，静静的，连接着有些阴郁的天空。云层低压，远山模糊。船像草原上安适悠闲的老牛一样三三两两地卧在海面。风中丝丝咸咸的味道，夹杂着汽笛的鸣叫，油然而生的亲切算是给此刻的忐忑一丝安慰吧！

2

船行靠岸。

踏上小岛的土地，环顾左右，发现这是一个依山而建的村庄，房屋就着山层层叠叠，顺着海岸线延展开来，平坦开阔的地方几乎没有，山一座连着一座。学校在哪里呢？我的眼睛寻找着。来接我们的三轮车师傅说就在不远处的半山腰。这三轮车20多年前坐过，如今久违却重逢。驶上一段陡坡，终于来到校门口，一看，不是想象中的不堪。校园不大，一座“L”形的三层小楼矗立着，白墙粉砖，色调清新明快。阳光正慷慨恣意地洒在它身上。宿舍在三楼，由原先的教室隔成一个个小房间，到处落满灰尘，极其杂乱。两个人住一间，住宿条件简陋。放下行李，迎接我们的老师热情地引导我们参观校园，介绍“义务教育均衡发展”的政策给小岛学校带来的好处，美术室、音乐室、实验室、多媒体教室……各种功能室设施齐全，硬件配套完善，钢琴、小提琴、架子鼓、吉他整齐地摆放着。教师办公室，每人一台专用电脑。“哦，还好！”一个念头倏忽而过。

我被分到了三年级教语文，全班一共7个学生，算是幸运而“富有”的了。一起来的同事教四年级，可怜巴巴地只“领导”两个学生，倒是有趣极了，这样的经历在教学生涯里是绝无仅有的。初次见面，孩子们也不认生，对我充满好奇，一下课围着我问东问西。他们干干净净，清清爽爽的，心里稍许舒服些（后来才知道，这是全校最清楚伶俐的班级了）。乡村的孩子质朴、可爱，身上有一种城里学生所没有的活力和朝气。

夕阳西坠，天色渐迟。暮色中对岸的村庄显得迷茫，隔着盈盈一水间，是家的方向。一起来的同事出神地眺望着那里，突然伤感地问：“想家了吗？”

“哦，我还好！”我若有所思地答。

3

风起于青苹之末，浪成于微澜之间……

真正从心底升腾起难以言喻的喜悦，像浪花转悠的打着旋儿在心里走了一遭，卷走了最初的疑虑、不安的，是一年级天真活泼的小朋友。我是他们的美术老师（说着我自己捂着嘴在偷笑，我的美术水平太低了，勉为其难了哈）。第一节课铃声响了，刚走到一年级的教室门口，一个小姑娘跑过来向我鞠了个躬："老师好！"声音清脆甜美。一看，一个小脸肉嘟嘟的小女孩，眨着眼睛对我眯眯笑。这孩子天生喜感十足，她的笑会让你觉得整个世界都灿烂起来。

那节美术课上的是"介绍你的好朋友"，小朋友对"介绍"一词可能不太明白，我耐心地提示着：比如他的长相，脸是白白的，还是黑黑的……那个小脸肉嘟嘟的小姑娘站起来说："我的好朋友脸灰灰的。"灰灰的？哈哈哈！我不顾形象地笑了！小朋友看我笑成这样，拍桌子的，捂肚子的，全班笑成一团。好吧！画完好朋友画老师吧！我在这些可爱的小朋友面前"自降身份，为师不尊"起来了："要把我画得很好看哦，不然我就哭给你看！"有这样的老师？孩子们懵了，小脸天真地疑惑着……

萌翻的小女孩叫杨凌涵，每天都是笑意盎然，她的笑富有感染力，我们都很喜欢她，用"开心果"来形容她是再恰当不过的，可是她却不认同自己的名字，称自己为"雅凌涵"。为什么呢？不知真相的老师会问："有姓雅的吗？"我也是好奇地问她："你叫杨凌涵，为什么会说自己叫雅凌涵呢？你姓杨呀！"她歪着脑袋，还是一脸天真地笑嘻嘻回答："我又不是一只羊，为什么要叫杨凌涵呢？"哈哈哈，我再次拉低了自己的笑点，又是笑得东倒西歪！多么有个性和主见的孩子呀！

那一瞬间，我悄悄地喜欢上了他们。

4

乡村的孩子单纯，像晶莹的露珠一样心思透明。我这个新老师和他们相处的时间并不长，但他们常于细微处感动着我。我从他们那里享受着他们给予我的关心和爱。一天，杨逸欣下课后来到讲台前，腼腆地递给我一个月饼，说："老师，给你吃！"我俯下身子，轻轻地问她："哪来的？"要知道岛上物质匮乏，许多东西得从岛外购买，她说："妈妈昨天去平潭买了两个月饼给我，我给你一个，自己吃一个。"我的心酥软酥软的，沁入心头比月饼甜的是纯真可爱的孩子的心意呀！

傍晚，天空板着冷脸。约上一同支教的小红跟着放学的紫怡到围营村买东西。不多时，雷声滚动，闪电划破天际，晦暗之下，远山、近海，全笼罩在灰蒙蒙之中，问罢行情，匆匆往回赶，剩下不多的路程就到学校了。雨点毫不客气顺势砸下来，并且极大，我们跑得上气不接下气，三步并作两步冲到学校，长出了一口气。手机骤然响起，陪着我们一路走到她村庄的紫怡，着急地问："老师，你到学校了吗？雨下得这么大，你被淋湿了吗？"我心里一动，多么懂事的孩子，她才 9 岁左右，却像小大人一样牵挂着我，对着手机，伴着雨声，我大声回答："谢谢你，紫怡，老师到学校了，没事呀！"

5

5 月，白礁、围营山上开满了洁白的金银花，零星细碎的一点红。我听说后很高兴，这些都是治疗咽炎、声音嘶哑的草药，和孩子们聊起打算哪天放学时上山摘些。说者无意，听者有心，下午我的讲台上"长"出了一袋金银花。我诧异极了，问道："谁送给老师的草药？"文俊和子恒把一直往后躲的小启超推到我面前：“老师，是他送的！”我一怔，启超送的？这孩子学习不上心，上课好动，作业不做，我是经常对他疾言厉色，恨铁不成钢……可是，孩子却包容我的严格，记挂着老师声带不好，采摘了这么多“金银花”给我。一时间，我真有点过意不去——为我平时那样的批评他。后来，盛夏暑热，他又从自家屋后的树上摘了一种叫“小石榴”的东西，用线串成珍珠项链一样送给我。当地的老教师告诉我“小石榴”清热解暑，市面上卖得很贵，他家境不好，他妈妈栽“小石榴”树为了长果实时卖些钱补贴家用。我感动极了，那个夏天，乃至支教结束，澄澈的“小石榴”茶清凉了我整个季节。

6

教学相长，课堂斑斓、温润；彼此成全，师生缘起情深。

你不要想象他们生活在农村，乡村的孩子阅读量有限，知识面狭窄，但他们独立、质朴、灵动，大自然是他们最好的老师。相较于“只看见院子里高墙上四角的天空”的城里孩子，我更喜欢他们课堂上的表达——源自生活的新鲜素材和生动体验。上“我的课余生活”口语交际这节课，他们告诉我春天“栽葱”时，葱头大的一端要朝下往土里插，尖的一端往上才能发芽；在海滩上挖青蛾时怎样找沙滩上的一个个圆圈小洞，叉开手指探入沙土，又是怎样摸到青蛾；翻开稍大些的礁石，可以津津有味地观察到四只小螃蟹和小章鱼打架，螃蟹有的用大钳子顽强地进攻，有的刺了一下章鱼又往后退了两步，章鱼不甘示弱，伸出长长的触角卷住其中的一只螃蟹……我听得入迷了，我没见过的、所不知道的经孩子们绘声绘色地描述，我眼前展开了一幅幅有趣的画卷。他们能敏锐地洞察大自然的变化，告诉我蒲公英每年的4月和8月开花，白色的是它的绒球，金色的是它的花朵。还说老师等蒲公英开花了我摘一大捧送给你，多么可爱的孩子们！

而我教了多年的《金色的草地》里有关蒲公英的描写，却只是照本宣科，不知道这些知识，真的汗颜！

我也调整了以往的教学方法，用更深入浅出的讲解帮助他们巩固、积累新词。每天陪着他们一起“古诗精读”，带领他们徜徉在诗的优美意境中，汲取古人的智慧，陶冶情操。和他们讲述课外知识，介绍精品美文。聊聊岛外的城里孩子的生活趣事。我竭尽全力，希望能为他们打开一道缝隙，透过外面世界的光，使他们向往、心生渴望，并为之努力。

黄昏，铃声响起。踱出教室，不远处，平潭海峡公铁两用大桥在金阳中雄伟而辉煌。不久的将来，它将会是平潭新时代奋进的坐标。恍惚间，我觉得自己也是一座桥，也是这坐标上的一个小小的点。

此刻，大练湾的山和海的景致在斜阳暮光里互相映衬……

王芳，平潭城中小学高级教师，平潭作家协会副秘书长，《假如明天可以预支》《雪》《那片海，那座岛》《青灯有味似儿时》《晚风吹过相思树》等在报刊上发表，散文《支教大练——我的小岛情》获共和国成立70周年“我和我的祖国”征文一等奖。

长大后我就成了你

◎ 丁小玲

“新竹高于旧竹枝，全凭老干为扶持”，谨以此文献给为农村基础教育默默奉献一生的教育工作者。

——题记

优教通课件里出现了一首《长大后我就成了你》，轻触屏幕，悠扬悦耳的旋律在教室里响起：“长大后我就成了你……”每回听到这首歌曲，她的内心都有感触。歌声总让她想起父亲……

环顾眼前宽敞大气的教室，她的脸上写满了感慨。当年父亲从教的学堂，是那样的破残：教室里四面土墙光秃秃的。一块斑驳的木黑板，几张破旧的桌椅，极度简陋。小时候她常常趴在残损的木门上，透过门缝，看父亲上课。父亲神采飞扬的表情深深地吸引了她。她经常在门外趴很久，忘了自己是来喊父亲回家吃饭的。

父亲的从教生涯，从 1962 年 7 月始。那年，父亲以优异的成绩从平潭一中高中毕业，却不得不面对家庭成分高不能参加高考这个现实，怀着无限的惆怅和失意，回到了家乡井边村。他师长惜才，不忍心这么一个勤勉踏实又有才华和激情的年轻人就这样面朝黄土背朝天地过一辈子，以队派教员的方式，助他登上了三尺讲台。一年后，因为工作需要，他被派往离家 5 公里外的玉道小学任教。这一去，就是 17 年。

玉道村的学堂比井边村的更差，学堂安在村头海边的一个破庙里。课桌椅不够用，庙里的石桌石凳也派上了用场。三个老师教五个年级，其中的两个老师要上复式班。破败不堪的老庙已摇摇欲坠，潜伏着可以预见的险象。村里终于决定改善学堂环境，买了一些石料和木料，准备依着老庙的一堵墙，盖一幢学堂。三个老师心生欢喜，心想着终于有盼头了，要能在学堂里做个小隔层，他们的住宿也解决了。之前因为学堂没有地方住宿，他们每天都要各自步行几公里回家，风里雨里许多年。

就在老师们无限憧憬的时候，一把火破灭了他们的梦想。年久失修的老庙在一个夜间突然失火，焚毁了学堂里的一切东西，包括那些好不容易买来的木料。在村里协调下，学堂只好分两处寄居在村民家的厅堂里。但这毕竟不是长久之计，村里无奈之下，终于开始了新学堂的筹建工作，帮工就是老师和学生们。他们上午上课，下午帮忙采石头搬石头。一石头一基座，在石匠、泥瓦匠和全体师生大半年的辛苦劳作下，一排六间的平房终于落成。从此，玉道村终于有了像模像样的学堂。海岛子女多才俊，这所启蒙学堂里，走出了许多优秀人才。当年吃苦耐劳的品格，为他们后来的人生奠定了坚实的基础。

1979 年，父亲离开了工作了 17 年的玉道小学，调回到井边小学任教导主任。最后一次行走在往返了十七载的那条村道上，他突然发现，这片木麻黄林荫道两旁，开满了嫩黄色的打碗碗花和五颜六色的小野菊。它们那么不起眼，却是他年复一年行走途中最忠实的见证者。此刻他眼里的这些小花儿们，鲜艳明媚，春意盎然。碎花细草也解情啊！

在玉道小学从教的十七载光阴里，同他一样因为家庭成分高、不能参加高考而回乡务农的唯一的兄弟，在“文革”派系武斗中被误伤致死，年仅 21 岁。同样正值青春年华的发妻，也因难以承受困苦生活的压力而服农药自杀，留下三个嗷嗷待哺的儿女…… 白云苍狗，溯前尘往事，不堪回首啊！挺过来了……如今都挺过来啦！祖屋里的学堂搬到新校舍去了。

他也不再是地主兼工商业资本家的子孙了，脱帽了！平反了！兄弟无辜丧命的政府补偿款也发了。随之而来的喜讯就是转正，终于成为国家编制内的人民教师了！18年啊！从此，他的教书生涯中再无写不完的大字报和需要不时停课参加的村里劳动了。天溶海色本澄清。他轻松快意地站在了三尺讲台上，教学生唱起了《卖报歌》：“总有一天光明会来到……”

他看见了趴在门上的女儿，轻轻地拉开门，牵起女儿的小手，开心地说：“走，我们回家吃饭。”“嗯。爸爸，我长大了也要当老师噢，也要教学生唱歌……”“好啊好啊！阿妹会唱什么歌，先唱给我听听。”“我们的祖国是花园……”女儿稚气的歌声响起，他顿觉一天的疲劳不再，“唱得好唱得好，阿妹长大也会当老师哦！”……

1993年秋。父亲扛着行李箱走在前面，她一路小跑地跟在后面：“爸，你走慢点……”嘿嘿，那么多年往返于玉道小学校门和家门之间，总是步履匆匆，这走路太快的习惯，真是难改了。歇下脚步，环顾四周，才发现这所师范学校，依山而建，校园里绿树红花，枝繁叶茂，真是花园式学校。把女儿安顿好，他说：“这所学校条件不错，好好学习，多学点东西。当老师的，最好能十八般武艺样样精通。”看看同宿舍的几个孩子，都是稚气未脱却很聪明乖巧的样子，“都是好苗子呀！”他内心感叹，“女儿的中考成绩也是远远高过重点高中录取分数线……”可是帮女儿填写中考志愿时，他毫不犹豫地选择了师范学校。

她的中师学习生活开始了。想起小时候的愿望，她努力地投入到学习中。在“十项全能，多能一专”学风的引导下，她练就了一身扎实的基本功。三年中，渐渐长大成熟的同学们各有想法，只有她依然单纯、心无杂念，就想着毕业之后回家乡任教去，回到父亲身边。

光阴如白驹过隙。父亲退休了，她则从当年天真懵懂的少女到了宁静淡泊的中年，眨眼从教20年。20年来，她目睹了父亲那一代当年由民办转正的老教师们渐渐离开了农村教育的讲台，也见证了许多当年和她一样年轻的中师生们芳华不再。几千个日月，从农村教育的讲台中默默地溜走。

草木蔓发，春山可望。这个季节真是太好了，她突然来了兴致："爸，我带你回玉道村逛一逛吧？""好啊好啊，一起邀上陈老师好吗？他们夫妻俩当年和我一起在玉道小学共事多年。""行！我们接上他一起逛逛去。"

一路上，两位接近杖朝之年的前辈谈退休生活谈工资待遇，聊得很开心。透过后视镜，她看到了两张布满皱纹的灿烂的笑脸，心想："真是知足常乐呀！"她和同事们平时在办公室也常聊工资。从工作到现在，她记不清工资翻了几番了。各种政策性的补贴也都有了。前一段时间，中央还下达了文件，对过去从教过的现已离岗的代课教师和民办教师进行相应的补贴补偿。她想到那些多数散落在偏远地区从教、如苔花般默默无闻地耕耘着的代课教师们，由衷地为他们感到高兴。

过去是蜿蜒曲折的土路，如今柏油大道笔直宽阔，驱车不过十来分钟的路程，玉道村就到了。高楼林立，道路纵横，除了当年那业已翻新的老庙仍在，再也寻不见旧迹。一所崭新的学校坐落在玉道村鸡角垅山畔。占地面积 60 多亩，教学楼、文体楼、教师公寓楼宽敞气派，亭台楼榭、绿化景观似江南园林。现代化教学设施设备一应俱全……也曾在这片热土上洒下无数汗水的两位老人百感交集："天翻地覆、天翻地覆的变化啊……"

从学校出来，她带着两位老人登上了临近学校的客滚码头，这是大陆驶向台湾的海上航道。极目眺望，碧波万顷，海天一色。两岸直航的"海峡号"客轮静静地停靠在港口检修。岸边浅滩上，一叶叶扁舟随波轻荡。客轮的大气与小舟的诗意交相辉映，令她沉醉其中，思绪万千。她想起 2014 年 11 月习近平总书记来岚考察时，曾站在这同一片碧海蓝天下，慨叹平潭日新月异的变化；她也想起了她的学生们，那明亮舒适的教室里，一张张天真可爱的脸庞；想起孩子们喜欢问她为什么当老师；想起有孩子天真地说："老师，我长大了也要当老师……"

丁小玲，小学教师，平潭综合实验区作家协会会员，教书育人之余或有文学作品、脚本文案发表，代表作有《长大后我就成了你》《那圆圆的时光胶囊》《老厝的印迹》《我见青山多妩媚》等。